JN165660

ウィリアム・ウェントン 1

世界一の暗号解読者

ボビー・ピアーズ　堀川志野舞◎訳

ミシェルへ

——きみがいてくれなかったら、
この本は存在しなかっただろう

WILLIAM WENTON AND THE LURIDIUM THIEF
by Bobbie Peers

Published by agreement with Salomonsson Agency
Japanese translation rights arranged
through Japan UNI Agency,Inc.

カバーイラスト◎カガヤケイ
ブックデザイン◎藤田知子

ウィリアム・ウェントン1

世界一の暗号解読者　目次

おもな登場人物

- ◉ウィリアム・ウェントン……十二歳の少年。暗号解読が得意
- ◉トバイアス・ウェントン……八年前に失踪したウィリアムの祖父。暗号学者
- ◉フリッツ・ゴッフマン……〈ポスト・ヒューマン研究所〉の創設者のひとり
- ◉ベンジャミン・スラッパートン……〈ポスト・ヒューマン研究所〉の暗号学の教師
- ◉イスキア……〈ポスト・ヒューマン研究所〉の候補生の少女
- ◉フレディ……〈ポスト・ヒューマン研究所〉の候補生の少年
- ◉メープル……〈ポスト・ヒューマン研究所〉の宇宙学の教師
- ◉ウェルクロウ……〈誤報センター〉局長。〈ポスト・ヒューマン研究所〉の創設者のひとり
- ◉ライカ……ロボット犬
- ◉エイブラハム・タリー……知的金属〈ルリジウム〉に支配された男

ロンドン、ヴィクトリア駅

朝のラッシュアワーのまっただなか。人々はせかせかと急ぎ足で行きかい、他人のことを気にする余裕もない。駅構内を走りぬけていくひげを生やした年配の男に、目をくれる者もない。男は茶色い紙包みを握りしめて、たえず背後を気にしている。まるで誰かに追われているみたいに。

男は通りすがりの人が引いているスーツケースにつまずいた。二、三歩よろめいたあとで体勢を立て直すと、地下鉄に向かうエスカレーターを駆けおりていく。

地下鉄のホームでは、崖の上にいるタビネズミのように、人々が押し合いへし合いしている。男は人ごみをかきわけて進み、ホームの端でぴたりと立ち止まった。トンネルからひんやりした風が吹きつけてくる。電車が近づいてきているのだ。

男が線路に飛び降りたことに、乗客は誰も気づかなかった。やってくる電車の鋭い軋みがきこえ、トンネルを吹きぬける風が男の長いあごひげをはためかせた。

男は最後に一度、ホームをちらりと見あげると、身をひるがえして暗いトンネルの中に姿(すがた)を消した。

第一章 ウィリアム・オルセン

八年後、ノルウェーのとある秘密の住所

ウィリアムは作業に夢中になるあまり、呼びかけてくる母さんの声もきこえなかった。どっしりとした大きな机に身をかがめ、使いきったトイレットペーパーの芯ほどの大きさがある金属製の筒に最後のねじをはめ、落ち着いた手つきでかたく締めた。筒はいくつかの部品に分かれていて、複雑なシンボルやサインが刻まれている。

ウィリアムは筒を光にかざし、満足そうにながめた。新聞の切りぬきを手に取る。そこには、ウィリアムが持っているのとそっくりな筒の写真が掲載されている。記事にはこう書かれている――**世界一の難問、インポッシブル・パズルがノルウェーにやってくる。あなたなら解けますか？**

数えきれないほど何度も読んだ記事だけど、もう一度読み直した。謎めいた金属の筒の写真

をまじまじと観察する。世界じゅうから集められた超一流の暗号作成者たちが、三年以上の歳月を費やしてつくりあげたものだ。そしていま、〝世界一の難問〟といううたい文句のもと、お披露目ツアーがおこなわれている。このパズルを解くことは不可能だと評判になっていた。世界各国の天才たちが解こうと試みていたが――みんな失敗していた。そしてついに、パズルはノルウェーにやってきたのだ。もうすぐこの目でパズルを見ることができる。ウィリアムは待ちきれなかった。展示は明日までで、つぎはフィンランドに移動することになっている。見るなら、いましかない。

「**夕食よ！**」キッチンから母さんがさけんだ。

ウィリアムは返事をしなかった。それもそのはず、この家では音が届きにくいのだ。どの部屋も、本がぎっしり詰まった書棚で壁という壁が埋めつくされているせいだ。本はおじいちゃんから受け継いだもので、決して処分しないようにと厳しく言いわたされている。この蔵書は大型コンテナを七つ使ってイギリスから運んできた。

ウィリアムは本をぜんぶ読んだ。最低でも二回ずつ。

イギリスを去ることになったのは八年前。この家に越してきて八年になる。おじいちゃんがいなくなって八年。ウィリアムと両親は新しい名前を名乗って、ノルウェーの小さな町にある秘密の住所にひっそり暮らしている。

「ウィリアム・オルセン！　夕食よ！」

母さんがまた呼びかけてきた。いまではウィリアムにもきこえている。オルセンと母さんは言った。ウィリアム・オルセン。この名前にはどうしても慣れることができない。みんなの前で本当の名前――ウィリアム・ウェントンを名乗れる日が早く来るといいのに。

八年前にロンドンで本当は何があったのか、きき だそうとするのは、もうあきらめている。いまではオルセンと名乗っている理由についても。よりにもよって、ノルウェーなんかに住んでいる理由についても。そして、おじいちゃんの身に何が起きたのかについても。両親はこのことを話さないと決めていた。真実よりも秘密のほうがまだマシだとでもいうみたいに。

何があったのか、ウィリアムはほとんど知らない。知っているのは、交通事故が関わっているということだけ。父さんの体が麻痺する原因になった交通事故だ。

でも、それだけじゃない。何か重大なことが起きたため、一家は行方をくらまさなければならなかったのだ――そして、地図上のどこにあるのか、よその国の人には見つけられやしないちっぽけな細長い国は、身を隠すにはもってこいの場所だった。

「夕食よーーー!!」母さんが大声でまた呼びかけていた。

「あと一箇所だけ微調整しないと……」ウィリアムはひとりごとを言った。すると、今度は父さんが遠くでさけんでいるのがきこえた。**「ウィリアム……夕食の時間だぞ！」**

ウィリアムは慎重に金属の筒を回転させ、小さな部品たちがいうことをきいてくれるみたいに、手の中で完璧にはまるのを感じ取った。そのとき、いきなり部屋のドアがさっとひらき、うずたかく積みあげられている本の山が崩れた。ウィリアムはとびあがった。崩れた本の一冊があたった拍子に、金属の筒はウィリアムの手からすべり、ガチャン！　と大きな音を立てて床に落ちると、ドアのほうへと転がりはじめる。身をかがめて拾いあげようとしたとき、電動車椅子に乗った父さんが戸口に姿を見せた。車椅子は筒のほうへと、まっしぐらに向かってくる。もうだめだ、と思いながらウィリアムが見つめる前で、全体重のかかった車椅子の車輪のひとつが筒に乗りあげ、金属音を響かせた。父さんは車椅子をぴたりと止めた。こわれた電子部品が火花を散らし、車輪の下の残骸から小さな煙が立ちのぼっている。

父さんはいらだたしそうに車椅子をギロリと見おろし、鼻にしわをよせた。

「また故障か？　修理からもどってきたばかりだっていうのに！」父さんはブツブツとひとりごとを言ってから、けわしい顔でこっちを向いた。机の上にあった新聞の切りぬきは、ウィリアムの手の下に隠されている。「夕食の時間だぞ……**さっさと来なさい！**」父さんはそう言うと、車椅子を回転させて、べつの本の山にぶつかりながら部屋から出ていった。

父さんが階段リフトで降りていく低いうなりが小さくなるまで待ってから、ウィリアムは立ちあがり、息をついた。あぶないところだった。でも、父さんには何も見られていない。気づかれる前に、新聞の切りぬきはちゃんと隠せたはずだ。筒が落ちているところまで歩いていき、拾いあげる。片側がへこんでしまっている。ウィリアムはそっと筒をふった。

「あーあ」何よりも自分自身に腹が立っていた。扉の内側に取りつけられた太いドアチェーンをチラリと見やる。なんでチェーンをかけるのを忘れていたんだろう？　暗号に取り組んでいるときは、必ずドアをロックしているのに。

ウィリアムはドアに背を向けて、机のほうにもどった。引きだしをあけて、新聞の切りぬきと筒の残骸をしまう。しばらくその場に立ちつくし、物思いにふけりながら、引きだしにしまいこまれたその他の品々を見つめた。自作したメカニカルハンド、金属製の立体パズル、ルービックキューブ、はんだごてと小さなねじまわしとペンチが入った靴箱。

引きだしをしめて施錠して、二枚の床板のすきまに鍵を隠すと、最後にもう一度部屋を見まわして、しまい忘れた物がないか確認した。

父さんはなぜか暗号解読をきらっている。それどころか、どんな形であれ暗号を解読することを禁止している。普通の子どもがするようなことを息子にさせたがっているのだ。サッカーとか、バンドの練習とか。まるで父さんは暗号を恐れ、ウィリアムが暗号に興味を持つことを恐れているんじゃないかと思うほどだ。そして、その傾向はだんだんひどくなっている。いまでは父さんは新聞からクロスワードパズルまで切り取って、暖炉で燃やしてしまう。そんなわけで、ウィリアムは部屋に鍵をかけるようになったのだ。部屋に隠してあるどんな物も父さんに見つからずにすむように。

ぼくがどんな思いで過ごしているのか、父さんにわかってもらえたらいいのに。まわりにあるすべての物が暗号に見えるときもある。ウィリアムにとっては、どんな物も暗号になり得た。家も、車も、テレビで見たり、本で読んだりすることも。すべてがパズルで、その謎を解くことしか考えられなくなる。木や壁紙の模様を見ただけでも、解読しようとすることがある。まるで目の前にある物が分解されて、その物を構成する部品がばらばらになり、どこにどうはまるのか見えるようなこともある。この才能は物心ついたときから持ち合わせていて、そのせいで厄介な目にあうこともしばしばだった。だから、ひとりでいるときがいちばん楽しい。いちばんいいのは、自分の部屋にいて、ドアに鍵をかけておくことだ。そうすれば、やりたいことがなんでもできる。

大きな机にもう一度目をやった。おじいちゃんの机。天板はこの世で最もかたい木のひとつ、黒檀でできている。四隅それぞれに、しかめつらで舌をつきだしている悪魔のような顔の彫刻がほどこされている。

幼いころは、この机が怖かった。ところが成長するにつれて、だんだん興味がわいてきた。机の天板は奇妙なシンボルでおおいつくされている。これは世界最高の暗号解読者だったおじいちゃんからの秘密のメッセージなんだ、とウィリアムは想像した。ただ、ぼくにはまだこのシンボルの謎を解読できていないだけで。いつかこの謎を解き明かし、おじいちゃんがどんな理由で何を伝えようとしているのか、理解できるといいんだけど。

「もう食べるわよ！」母さんがまた大声で呼びかけてきた。

「すぐ行く！」ウィリアムはそう返事をして、二歩でさっさと部屋を出た。

第二章

暗号は禁止

「お腹すいてないの？」母さんがたずねた。

「あんまり」とウィリアムは答えて、お皿を押しやる。

父さんは口の中の食べ物を飲みこんで、言った。「座ってばかりいるからだ。父さんがおまえぐらいの年のころは、じっと座って過ごすなんてことはなかったんだがな。サッカーをしたり、外を走りまわったり、近所に生えた木の実をもぎ取ったり。それが、おまえはどうだ――骨と皮だけじゃないか」

ウィリアムは無視しようとしたけれど、父さんの言うとおりだった。ウィリアムは骨と皮だけのやせっぽちだ。だけど、見た目よりはたくましい。昔からそうだ。腕立て伏せの回数でウィリアムにかなう生徒はクラスにいない。体育の先生でさえも、ついていけないほどだ。

ウィリアムは父さんのひざの上にあるハサミと、折りたたまれた新聞紙にチラッと目をやった。このごろ父さんが新聞から切り取るのは、クロスワードパズルだけじゃなくなっている

――インポッシブル・パズルが科学史博物館に展示される、という広告が掲載されはじめてからは。父さんは何がなんでも、この展示にウィリアムを近づけたくないようだ。

けれど、クラスの校外学習で展示を見にいく予定になっていることを、父さんは知らない。父さんにだまっておくと約束するなら行ってもいいわ、と母さんは言ってくれた。それと、展示品には手を触れないことも約束させた。この展示を見にいくことが息子にとってどれほど大きな意味を持つのか、母さんは理解しているみたいだった。誰にも解けない暗号について考えるたびに、ウィリアムがどんなにぞくぞくしているかを。インポッシブル・パズルのことをはじめて耳にしたときから、この展示を夢見てきたことを。今回をのがしたらチャンスはないということも、母さんはわかっているみたいだ。

父さんがテーブルをはなれたあとも、ウィリアムと母さんはしばらく座ったままでいた。

「ターンブル先生は、明日の博物館見学をとても心配しているわ」と母さんは言った。「じつを言うと、母さんもよ。こんなに長いあいだ身をひそめて暮らしているのは、家族みんなにとって大変なことだけど、決して人目を引くわけにはいかないの。そのことは、ちゃんとわかってるわよね？」

ウィリアムは返事をしなかった。担任のターンブル先生のことを考えていたのだ。ある日の授業中、先生のまちがいを訂正したばっかりに、それからというものウィリアムは目の敵にされている。

「こっちを見なさい、ウィリアム」きびしい口調で母さんが言う。ウィリアムは母さんのほうを向いた。

「明日は慎重に行動するって約束してちょうだい！　約束できる？　めだつわけにはいかないのよ」

インポッシブル・パズルに手を触れずにいるなんて、きっと難しいはずだ。かといって、自分たちの正体を明かすようなことはできない。

「約束するよ」とウィリアムは答え、お腹にずきんと痛みを感じた。

第三章

科学史博物館

「こんにちは、科学史博物館へようこそ」博物館に着くと、神経質そうな背の高い女の人が生徒たちを迎えてあいさつした。ずいぶん長いこと待っていたらしい。鼻はトマトみたいに真っ赤になって、ぶるぶるふるえている。ターンブル先生が生徒たちを静かにさせようとするあいだ、その女の人はこきざみにジャンプして寒さをしのいでいた。「本日、みなさんのガイドをつとめるエドナです。わくわくするような午後の計画を立ててありますよ！」エドナはそわそわとスカートの位置を直した。「みなさんの到着が予定よりも少し遅かったので、残念ですがインポッシブル・パズルの展示を見ることはできません。でも、それ以外の展示ならどれでも自由に見てまわってくださいね」

ウィリアムは硬直した。遅すぎたって？　そんな、まさか。

「インポッシブル・パズルを見られないので、かわりに科学用語のワードパズルに挑戦しましょう。その入口を入ってすぐのテーブルから、用紙を一枚ずつ取っていってくださいね。ペアを組んでやるといいですよ」エドナは言った。

生徒たちはあっという間にいつも組んでいる相手とペアになった。ウィリアムはショックのあまり呆然として、その場に立ちつくしたままでいる。

「ほらウィリアム、ぐずぐずしている暇はないぞ」ターンブル先生が叱りつけた。

ウィリアムはあいまいにうなずいた。そのあと、怒りでカッとなった。ワードパズルだって？　冗談じゃない。ここに来たのは、インポッシブル・パズルを見るためだ！

「一時間後に出口に集合してください」エドナがキーキー声で言い、博物館の入口の大きなオーク材の扉をひらいた。

生徒たちはやかましく騒ぎながら入口の階段をどたどたのぼっていき、その途中でひとりの女子がエドナにぶつかった。エドナはよろめき、あっけにとられて階段にへたりこんでいる。ターンブル先生が駆け寄ってくると、エドナは助け起こしてもらおうと手を伸ばした。

ところが、ターンブル先生はその横をさっさと通り過ぎた。「走るんじゃないぞ……**歩くんだ！**」先生は声を限りにわめきたて、エドナには見向きもせずにそのまま博物館の中に入っていった。

ウィリアムはエドナの前で立ち止まり、手を取って助け起こした。

「ありがとう」エドナはスカートのほこりをはらった。

「どういたしまして」ウィリアムはおずおずと言い、一瞬ためらってからたずねた。「インポッシブル・パズルの展示は完全に終了してるんですか？」

「展示室はもう満員なの。これ以上、人を入れるわけにはいかないのよ――消防法で」

ウィリアムはうなずき、博物館の中に入った。

入って最初に目についたのは、男の人がふたりで階段わきに貼られたポスターを剝がしていることだった。ポスターにはこう書かれている――

インポッシブル・パズル展――この下の階

ターンブル先生の様子をうかがうと、蒸気機関から手がぬけなくなってしまった男子のせいで、さっそくてんてこ舞いになっている。博物館の警備員がひとり、手を貸そうと駆けつけた。

ウィリアムはにんまりした。ターンブル先生は手いっぱいだ。インポッシブル・パズルの展示を見るなら、いまがチャンスだ。

第四章

インポッシブル・パズル展

階段を降りたところで、ウィリアムは立ち止まった。灰色の制服を着た体格のいいふたりの警備員が、インポッシブル・パズル展の出入口に立ちふさがっている。その先にある展示室には、人々がイワシみたいにぎゅうぎゅう詰めになっている。警備員のひとりは、中に入りたくていらだっている小柄な男をなだめようとしていた。男は警備員の鼻先で入場券をひらひらとふってみせた。

「入場料は払ったんだぞ。入場券があるのに、入れないなんて話があるか」男はわめいた。

「だったら、もっと早く来てもらわないと。これ以上、人を入れるわけにはいかないんだ。定員オーバーだよ」警備員は相手にはっきりわからせるため、背後の人ごみを示して言った。

「おれを見てみろ。身長が百四十五センチしかない。体重は五十キロだ。おれがここにいようと、あの中にいようと、誰も気づきやしないさ」男は言い張った。

「申し訳ないが」もうひとりの警備員が胸の前で腕組みして、きっぱり断った。

小柄な男は少しのあいだ、その場から動かずにいた。駄々をこねる四歳児みたいに男がこぶしをぎゅっと握りしめるのを、ウィリアムは見ていた。その顔はどんどん真っ赤になっていき、いまにも爆発しそうだ。

ところが、男は背を向けて、階段の上へ引き返していった。

ウィリアムは警備員のもとへ近づいていく。

「あのー」あくまで無邪気をよそおって話しかけた。ふたりの警備員は、こっちを見おろしている。

「学校のみんなと来てて、ぼくもあの中にいなきゃいけないんだけど」ウィリアムは展示室の中を指さした。

「ほかの生徒たちは中にいるのかい?」警備員のひとりが問いかけた。

「えっと……そうだよ」おどおどしながら答えた。

「スタンプを見せてくれるかな?」

ウィリアムがどう答えるか考えていると、とつぜん空中を飛んでくる人の姿が見えて、ドカッ! と警備員のひとりにぶつかった。

「**中に入れろ! 中に入れろ! 中に入れろ!**」あの小柄な男が警備員の首にしがみつき、頭の上を乗りこえて展示室に入ろうとしている。

「スヴェン、こいつをひっぺがしてくれ！」警備員がさけんだ。「こいつをひっぺがせ！」

もうひとりの警備員は、男の脚をつかんで引きはがそうとしているけれど、男は怒ったタコみたいに首にしがみついてはなれない。

「こいつは見た目より力があるぞ、ハーバード。わきの下をくすぐってみろ――手をはなさせるんだ！」脚をつかんだ警備員はわめいている。

「おまえがくすぐってくれよ！」しがみつかれた警備員は、腕をばたばたさせてわめき返す。

数人の警備員が応援に駆けつけた。その背後にひらいているドアをウィリアムがこっそりくぐりぬけたことに、誰ひとり気づかなかった。

ほどなくウィリアムは、人でごった返す大きな部屋の真ん中に立っていた。いつものぞくぞくするようなうずきを体に感じる。さあ、見やすい場所をさがさないと。ぼくがいなくなっていることにターンブル先生が気づくのは時間の問題だし、気づいたが最後、先生はどんなことをしてでも見つけだそうとするはずだ。そして先生が最初にさがしに来るのは、インポッシブル・パズル展だろう。

「世界一難解なパズルの解読、残り時間はたった五分です！」場内アナウンスが響いた。「おおぜいが挑戦してきましたが、成功者はひとりもいません。これまでのところは」

ウィリアムはあたりを見まわした。部屋の奥の壁にスクリーンがあり、大きな赤い数字のカウントダウンが進んでいる。カウントダウンしている時計の上には、インポッシブル・パズルの写真のポスターが掲げられている。ウィリアムは人の群れをかきわけて進んだ。インポッシブル・パズルを解くつもりなんて、さらさらない。ただこの目で見たいだけだ。できれば誰かが解こうとしているところを。鼓動が高まり、アドレナリンが噴出されるのを感じた。

ウィリアムは人ごみをどうにかすりぬけて進み、小さなステージの前までたどり着いた。ステージ上には、ひと組の椅子とテーブルが置かれている。ブロンドの長い髪を後ろにひっつめてポニーテールにした、四十代半ばぐらいのやせた男が椅子に座っていた。男はテーブルに身をかがめて、金属製の筒の部品をひねっている。おでこに汗が浮かんでいる。息づかいが荒く、背後の壁でカウントダウンしているデジタル時計を不安そうにちらちらと見やっている。

テーブルの横にはぴっちりしたスーツ姿の太った男がいて、そわそわと落ち着きがない。テレビで見たことがある。ルード・クラバートという有名なコメディアンで司会者だ。ルードはマイクを口元にあげると、時計を確認してからカウントダウンをはじめた。

「十……九……八……七……」

みんなも声をそろえてカウントダウンしていく。長髪の男は死にそうな顔になっている。

「五……四……三……二……一……ゼロ！」司会者がさけんだ。「そこまで！　ヴェクター・ハンセンさん、パズルは解けましたか？」汗びっしょりで座っている男にたずねる。

ヴェクター・ハンセンは金属の筒をテーブルにそっと置き、力なく首をふった。

「ノルウェーで最高のＩＱを誇るヴェクター・ハンセンでさえも、インポッシブル・パズルを解くことはできません。なんという難問でしょう！」司会者は観衆に語りかけている。

そのとき、ヴェクターがすっくと立ちあがり、司会者からマイクをうばいとった。

「こんなの詐欺だ――悪ふざけじゃないか！　このパズルはそもそも解けないんだよ。そうに決まってる」ヴェクターは不服そうに騒ぎ立てている。

ヴェクターはインポッシブル・パズルをつかむと、いまにも床に叩きつけそうな勢いで頭の上に持ちあげ、さけんだ。

「ふざけるな！」

すると司会者は、制服姿のふたりの警備員に合図した。警備員はさっとステージにあがり、ヴェクターの手から筒をうばって司会者にわたし、ヴェクターをステージから引きずりおろした。観衆からは笑いとブーイングが起きている。

「それでも私は、おまえらが束になってもかなわないほど賢いんだからな！」ステージわきのドアから退場させられながら、ヴェクターはわめいた。「おまえらなんか、マヌケの集まりだ！私は天才なんだぞ！」ドアがバタンと閉まり、場内は静かになった。

司会者はインポッシブル・パズルを手に、ステージに立ちつくしている。観衆がざわめきはじめた。

「イカサマなのか？」誰かが声をあげた。

「ありがちな話よね！」べつの人がさけんだ。

「まさか、ちがいますよ！」司会者は言い返した。

「だったら、証明してみろ！」観衆のひとりが言った。「もうひとり挑戦させたらどうだ！」

司会者はそわそわとあたりを見まわしている。ステージの横に立っている、地味な眼鏡をかけた真面目そうな女性に目をやると、彼女はうなずいた。

「いいでしょう、でもあとひとりだけですよ。本当に時間がないんだ。では、挑戦したい人は？」司会者は手の甲でおでこの汗をふきながら言った。

場内はしんと静まり返った。何人かが小声でブツブツ言い、あとの人たちは首をふっている。

「誰もいませんか？」

「ウィリアム！」とつぜん、大声で名前を呼ばれた。

ふり向くと、ターンブル先生がステージの前に立ったままのウィリアムを指さしながら、人ごみをかきわけてやってくるのが見えた。

すると、観衆もいっせいにウィリアムのほうを向いた。「そうだそうだ、この子にやらせよう」誰かが言った。司会者はびっくりした顔でウィリアムを見ている。

「子どもに？　まあいいでしょう。やってみなきゃわからない」司会者はウィリアムに合図した。

「だめだ、よせ！」ターンブル先生がさけんだ。「そういうつもりじゃ……」

けれど、もう遅い。司会者はウィリアムをステージにひっぱりあげ、インポッシブル・パズルを手わたした。ウィリアムはぴかぴかの筒をじっと見つめている。こんなの、うそみたいだ。

「おい、やめろ――」ターンブル先生はステージにのぼろうとしたけれど、警備員に押しもどされた。

「挑戦してみるかい？　世界じゅうの天才たちが挑戦したけど、誰も解けなかったパズルだ」司会者はウィリアムに言った。

ウィリアムは首をふった。「ううん、ぼくは……」

「まあまあ、いいじゃないか――やるだけやってみても」司会者はニコニコしながらからかうように言った。観衆に向き直り、指をふってみせる。「みなさん、どうでしょう？　この少年に挑戦させてみたいですか？」

人々のあいだから自然と拍手が起こった。

ウィリアムはインポッシブル・パズルに視線をもどした。筒に刻まれたシンボルは、見たことがないものばかりだ。文字でも数字でもない。ところが、ある変化が起こりはじめた。いつもと同じように。まずお腹が熱くうずきだす。それが胸へと広がり、さらには手と頭にまで広がっていく。ウィリアムはパズルから手をはなそうとしたけれど、もう手遅れだ。

まるで筒の細かな部品が、手の中で動きだすようだった。ある部品は縮み、ある部品は色が変わって見える。明るく輝きはじめるものもあれば、消えてしまったのかと思うほど暗くなるものもある。筒からシンボルが解きはなたれて、蝶々の群れみたいに頭のまわりを飛びかっている。ウィリアムはその動きを目で追った。両手が勝手に動きだし、小さな部品をひねりまわす。指の動きがどんどん速くなっていく。**カチッ……カチッ……カチッ**、と筒が音を立てる。

時間も場所も、もう存在しない。

展示ホールの屋根を吹き飛ばさんばかりの大歓声がわき起こり、ウィリアムはハッとわれに返って、手に持ったままのパズルを見おろした。もう筒の形をしていない。ふたつに割れている。筒の片割れの中に、**「おめでとう！」**と文字が刻まれている。

ウィリアムは、ものも言えなかった。筒の中のメッセージを見つめるばかりだ。そこに刻まれた文字が目には見えていても、脳が信じようとしない。き、っ、と、壊、れ、て、る、ん、だ、とウィリアムは思った。ぼ、く、は、解、い、た、ん、じ、ゃ、な、い……壊、し、ち、ゃ、っ、た、ん、だ。となりに立ってる司会者を見ると、同じく言葉をうしなっている。ターンブル先生は、ステージの前で頭を抱えてガクッとへたりこんだ。

ウィリアムは部品をもとどおり組み合わせようとしたけれど、もどらない。もう一度やってみた。もう一度。

き、っ、と、壊、れ、て、る、ん、だ。そ、う、に、決、ま、っ、て、る！

第五章 たいへんな騒ぎ

博物館の館長のオフィスはせまかった。椅子に座ったウィリアムと向かいあって、館長はインポッシブル・パズルをしげしげとながめている。博物館の表には、マスコミや野次馬がつめかけている。大騒ぎになっているのがウィリアムにもきこえた。館長は手に持ったパズルをあらゆる角度から確認している。拡大鏡を取りだして片目に装着し、ふたつに分かれたパズルを顔のところまで持ちあげた。

「ふうむ……ふうむ。無理にこじあけられたようには見えないな」館長はもごもごつぶやき、眼鏡越しにウィリアムを見つめた。

ウィリアムはいけないことでもしたみたいに目をふせている。そう、確かにいけないことをした。めだつようなことはしないって、母さんに約束したのに。

「マスコミに向けて会見しなきゃならんぞ。世界じゅうの人たちが、きみのやってのけたことを知りたがるはずだ」館長は言った。

ウィリアムの顔から、さっと血の気が引いた。

「どうしてもやらなきゃだめですか？」息をつまらせながらたずねる。「最低、最悪の事態だ。きっと母さんは取り乱してしまうだろう。父さんは……？　父さんがどんな反応をするか、想像するのも恐ろしい」

館長は思いやりのこもった目でウィリアムを見つめた。「きみは未成年だから、マスコミへの会見をひらく前に、まずはご両親の許可を取らないと。お母さんかお父さんの電話番号を教えてくれるかな？」

ウィリアムはもじもじして、首をふった。「ぼくが自分で話したほうがいいと思います。うちの親はめだつのをいやがるんで」

館長はしばらく考えたあとで肩をすくめると、にっこりしながら言った。「だったら、そうしよう。スタッフに家まで車で送らせるよ。裏口からこっそり出ればいい」

ウィリアムは立ちあがり、ドアへと向かった。

「なあ、ウィリアム」館長に呼び止められ、ウィリアムはふり向いた。「自分がどんなにすごいことをしたのか、わかっているかね？」

私道の端に白い配達トラックが停まった。ドアがひらき、ウィリアムがトラックからぴょんと降りる。家へ向かって歩き、これから水中にもぐるみたいに大きく息を吸いこんだあと、玄関のドアをあけて中に入った。リビングから小さな話し声がきこえてくる。

母さんはソファに座り、となりには車椅子に座った父さんがいて、ラジオが流れている。

ウィリアムがリビングに入ると、ふたりは顔をあげたけれど、だまっている。沈黙は永遠に続きそうだった。

「ウィリアム」ようやく父さんが口をひらくと、こっちに来るよう手招きして、ラジオの音量をあげた。

「……ここでふたたび、科学史博物館とインポッシブル・パズルに関するおどろきのニュースをお伝えします。このパズルは今日まで世界一難解だと考えられていましたが、それが解かれたのです。解いたのがどんな人物なのか、詳細はまだ明らかにされていません。ですが、パズルが解けた瞬間にその場に居合わせたという人の話をきくことができました。それでは、現地からアスラクがレポートします」ニュースのアナウンサーが話をふった。

母さんの手がふるえている。ふるえを止めようと両手をひざの上で握り合わせてみても、止まりそうにない。ウィリアムは床を見つめた。とんでもなくまずいことになったのはわかっている。

「科学史博物館の外からお伝えします。こちらにいらっしゃるトーディス・ヴォッフェルさんは、おどろくべき偉業が達成された現場に居合わせました」レポーターが紹介した。「トーディスさん、そのときのことを教えていただけますか？」

紹介された女性は何度か咳ばらいをしてから話しはじめた。「あたしは孫のハルヴォールといっしょに、あそこにいたんですよ。うちの孫は暗号とかそういうのが好きでねえ。IQが高いっていうあの男の人があきらめたあと、あたしたちはもう行こうとしてたんだけど。カフェが混まないうちにと思って――孫にアイスクリームを買ってあげる約束だったの、チョコレート味のやつをね、あの子はほかの味はあまり――」

「それで、何が起こったんですか？」レポーターがじれったそうに話をさえぎった。

「とつぜん、男の子がステージに立っていたのよ。いったいどこから来たんだか。どこからともなく、ぱっと現れて。子どもに挑戦させるなんてちょっとおかしいと思ったわ、だってそうでしょ、どんな天才も解けなかったっていうのに」

「それからどうなりましたか？」レポーターが先をうながす。

「気づいたときには、その子がパズルを解いていたの！　そのあとはたいへんな騒ぎになっちゃって。あたしは孫の手を取って、展示室から出ていきましたよ。ほら、踏みつぶされて死ぬってこともあるでしょう、それにあの子に約束してたから、アイスクリームを……」

父さんはラジオを消して、しばらくだまりこんでいた。

「おまえなのか？」父さんは重い口をひらいた。

「ぼくは……」ウィリアムは返事をしようとしたけれど、言葉が出てこない。

母さんは泣きだした。

「もういい。とにかく荷造りしないと！」父さんはぴしゃりと言いはなって、車椅子でリビングから出ていった。

第六章

おじいちゃんの秘密

ウィリアムは家の最上階にのぼり、廊下のつきあたりへ進んだ。壁の松材の羽目板を手でさぐっていく。人さし指で大きな節穴をさぐりあてると、中に指をつっこんで、ぐっと押した。壁の中からカチリ！　と音が響く。と、天井が軋み、頭上にはねあげ戸の口がひらいた。

ウィリアムは自分で秘密の入口をつくっておいたのだ。

はしごをのぼり、屋根裏への入口をくぐりぬける。斜めになった天井の下にある空間は、まっすぐ立つのがやっとの高さだ。背の低い本棚がひとつ置かれているほかは、いくつか古い段ボールが片隅に寄せてあるだけで、屋根裏部屋はがらんとしている。壁に取りつけられた電灯を点けて、わずかばかりの本がおさめられている本棚に近づいていく。ここにあるのは、ウィリアムにとって特別な意味を持つ本だ。これまでに何回――いや、何百回、読み返しただろうか。おかげで内容はすっかり暗記している。何より特別なのは、おじいちゃんの覚え書きがびっしり書きこまれていることだ。読めばおじいちゃんが語りかけてくる気がする。これらの本から、たくさんのことを教わった。学校では決して教えてもらえないようなことを。ウィリアムは本の背を指でなぞった。『洞窟絵画の秘密』、『ピラミッド：世界最大の暗号』、『アトランティス：知られざる叡智』、『地球の隠された姿』。敷物の上に座って、本棚の下に隠してあった革装のアルバムを引っぱりだした。最初のページにそっと指を走らせる。おじいちゃんの筆跡がかろうじて読み取れる――発掘資料、第八十九部。

ウィリアムは時間をかけてアルバムをめくっていった。さまざまな遺跡発掘現場で撮影されたおじいちゃんの写真をながめる。おじいちゃんは世界各地をおとずれていた。でも、何をさがしていたのかも、何を発見したのかも、まるでわからない。この疑問におじいちゃんが答えてくれたらいいのに。アルバムには世界じゅうの写真がある――エジプトのピラミッドといった有名どころから、アマゾンやチベットの秘境まで、いたるところで撮った写真が。おじいちゃんは写真の横に場所と日付を書き記していたけれど、何をさがしていたのかは、まったく書かれていない。

はしごが軋む音がした。目をあげると、はねあげ戸から母さんが頭をのぞかせている。ウィリアムはアルバムを閉じた。

「おじゃましていい？」母さんがたずねる。

ウィリアムはうなずいた。

母さんはとなりに腰をおろした。両手をひざに置いて、しばらくそのままじっとしている。

ウィリアムは言いたいことを伝える言葉をさがそうとしたけれど、ひとつも見つからなかった。

「あなたが知らないことがたくさんあるの。わたしたちはあなたを守りたかった。おびえながら生きてほしくなかったのよ」母さんは話しはじめた。

「どういうこと？」

「お父さんとお母さんは……いつまでも続けられるはずがないって、ずっと思っていたわ。あなたはおじいちゃんにそっくりだもの」母さんはウィリアムの髪の毛をくしゃくしゃにした。

「八年前、ロンドンで何があったか、あなたに話すときが来たみたいね」渇いた音を立てて息を吸いこむ。「わたしたちが危険にさらされている理由を」

「ぼくたち、危険にさらされているの？」ウィリアムは静かな声でたずねた。

「ええ、おそらくは」

ふたりはしばしだまりこんだ。ウィリアムはアルバムを手に持ったままだ。「見せてくれる？」母さんがきいた。

ウィリアムはうなずいた。母さんはおじいちゃんの凝った手書き文字を見て、ほほえんだ。

「時がたつのは早いものね。おじいちゃんに会ったのは、昨日のことみたいなのに」

母さんは最初のページをめくった。つぎの写真は、木々の生い茂ったジャングルに囲まれた、インカの巨大なピラミッドだ。

「おじいちゃんは仕事人間だった。いつも旅ばかりで。母さんが子どものころは、おじいちゃんが家にいた記憶がほとんどないぐらい。だからこそ、姿を消す前のおじいちゃんは、あなたをあんなにかまっていたんじゃないかしら。ウィリアム、あなたはおじいちゃんにとって何より大事な宝物だったのよ」

「おじいちゃんの身に何が起きたの？」

「確かなことはわからない。わたしたちがノルウェーに越してきた直後に、いなくなってしまったのよ」

「なんでぼくらは引っ越したの？」

母さんはウィリアムを見つめた。「おじいちゃんの仕事と関わりがあることなの。理由はわからないけど、おじいちゃんはわたしたちに危険がせまっていると思って、この国に来させたのよ。おかげで新しい暮らしを一からはじめることになったわ。わたしたちとおじいちゃんのつながりさえ、誰にも知られるわけにはいかなかった。だから家にはおじいちゃんの写真を一枚も飾っていないし、決して名前を口にしないの」

「でも、ぼくたちは誰に追われてるの？　ぼくがパズルを解いたってことが知られたら、どうして危険なの？」

「あれは、よくあるただのパズルなんかじゃないでしょう。世界一難しいパズルなのよ。あのパズルを解けるのは、世界じゅうであなたとおじいちゃんだけじゃないかしら。わたしたちの居所を知られてしまうのは、もう時間の問題よ」母さんはアルバムのページをめくった。梃子と歯車がぎっしり詰まった真鍮製の古い箱の写真。その下にはおじいちゃんの筆跡で「コンピューター、ギリシャ（年代：不明）」と書かれている。

「話しておくことがもうひとつあるんだけど……」母さんはためらっている。

「何？」

「あのね、お父さんはどうして体が麻痺してしまったのか、話したがらないでしょう……」

ウィリアムはうなずいた。

「だけど、交通事故にあったことは知っているわよね？」母さんは話を続けた。

「うん」

「じつは、その車に乗っていたのは、父さんだけじゃなくてね……」

「えっ？」

「そう。あなたもお父さんといっしょに、車に乗っていたの」

「ぼ、ぼくが？」ウィリアムは頭がくらくらしてきた。

「あなたは死ぬところだったのよ。もう助からないと思った。お医者さまがそう言っていたから――助からないだろうって」母さんは涙をふいた。

「なのに、どうして助かったの？」ウィリアムの声はふるえている。

母さんはアルバムに目を落とした。永遠にも思われるほど長いあいだ、母さんはだまったままでいた。

「おじいちゃんは仕事で海外にいた。交通事故の知らせを受けると、最初の飛行機で帰ってきたわ。それから何週間もあなたのベッドにつきっきりで……そうしたら、容態が急に回復しはじめたの。お医者さまは、何がなんだかわからないって。おじいちゃんは奇跡だと言っていたわ」

ウィリアムは頭の中を整理しようとした。ぼくが死にかけた？　おじいちゃんが看病してくれて……そしたら回復した？

母さんに目をもどすと、ひどくふるえているのがわかった。

「母さん、ぼくたちは誰から隠れてるの？　その事故と何か関係はあるの？」

「さあ、わからない」母さんは立ちあがった。

「でも……」ウィリアムは言いかけて、口をつぐんだ。母さんはこれ以上、話を続けたくないんだ。

「明日には出発よ。もうここは安全じゃないわ」

「ぼくたち、どこへ行くの？」

「遠いところへ」母さんはそう言うと、はねあげ戸の下に姿を消した。

第七章

機械仕掛けの甲虫

ウィリアムは服を着たまま掛け布団の上に横たわり、天井を見つめている。午前三時半だというのに、目はぱっちり冴えている。今夜はもう眠れるはずがない。母さんが話してくれた交通事故のことと、自分が死にかけたことについて考えていた。どうして助かったんだろう？　おじいちゃんが失踪したことと、何か関係あるんだろうか？　博物館での出来事を思いだすたびに、胃がキリキリ痛くなった。誰がインポッシブル・パズルを解いたのか、もうすぐ世界じゅうに知れわたることになる。家族でまた逃げるはめになったのは、ぼくのせいだ。

階下のリビングから、両親の話し声がきこえてくる。ふたりは最小限の荷物をまとめているところだった。夜明けとともに出発することになっている。

ウィリアムはベッドの上で身を起こし、暗い部屋を見まわした。急に冷えてきたみたいだ。立ちあがって窓へ向かう途中で、かたいものを踏んづけて足を止めた。床に何か落ちている。

ウィリアムはしゃがみこんだ。甲虫だ。小さな足を宙に向けて、仰向けにひっくり返っている。

ウィリアムはちょんと指でつついてみた。反応はない。甲虫を拾いあげ、手のひらにのせた。甲虫を机の上にそっとおろす。引きだしをあけて虫眼鏡を取りだすと、この小さな生物を観察した。そのへんにいる普通の甲虫なんかじゃない。小さな金属の部品を組み合わせて、顕微鏡じゃなきゃ見えないぐらい小さなねじで留めてある。機械仕掛けの甲虫だ！　こんなに美しい最先端の構造は見たことがない。

どうやって入ってきたんだろう？　窓を見あげると、ガラスに小さな穴があいているのに気づいた。ふいに甲虫がピクピク動きだし、ウィリアムはびくっとした。椅子からさっと立ちあがり、よろめきながらあとずさりする。

小さな甲虫はくるっと体を反転させて、地面に足を着いた。そして机のへりから飛び降りると、カチャン！　と音を立てて床に着地する。しばらくのあいだ、甲虫はウィリアムをじーっと見つめていたあとで、またすばやく動きだし、部屋の中をちょこちょこ走りはじめた。机の下に落ちていた鉛筆を見つけると動きを止めて、鉛筆を拾って運んでいき、ウィリアムの足元に落とした。まるで遊びたがっている犬みたいだ！　ウィリアムはほほえんで、鉛筆を拾いあげた。

「遊んでほしいの？」

甲虫はぴょんぴょん跳びはねている。ウィリアムは鉛筆をほうり投げた。鉛筆は壁にあたって床に落ちた。甲虫は駆け寄っていくと、また鉛筆を拾ってウィリアムの足元に運んでくる。

ウィリアムは感心して、にっこりした。

「へえ、すばしっこいんだね」ウィリアムはもう一度鉛筆を拾いあげ、もうちょっと強くほうり投げた。

鉛筆は戸枠にぶつかってはね返り、部屋の外の廊下に落ちた。甲虫は駆けだしたが、今度はもどってこない。鉛筆を拾ったあとも、廊下からじっと動こうとせずに、ウィリアムのほうをのぞきこんでいる。「おいで」とウィリアムは呼びかけた。

ところが甲虫はこっちに来ない。ウィリアムにも部屋から出てきてほしいというように、フローリングの床に落ち着きなく足を踏みならしている。

「こっちにおいで！」命じられても、甲虫は動かない。ウィリアムはそろりそろりと近づいていく。

「待て、そこで待ってるんだぞ」静かな声で呼びかけた。

甲虫の真ん前で足を止め、そーっとしゃがみこむ。片手を差しだしたけれど、ウィリアムがつかまえる前に、甲虫は階段のほうへと駆けだした。

「だめだ、だめだ、だめだ」ウィリアムはささやき、急いで追いかけていく。

甲虫は階段のてっぺんで止まり、鉛筆をおろした。ウィリアムはその少し手前で足を止めた。

「一階に降りるなよ」ウィリアムは訴えかけた。

なのに甲虫はそのまま進んでいく。ウィリアムは前のめりになって、階下のうす暗い廊下をのぞきこんだ。あいつ、どこへ行っちゃったんだ？

両親が小声で話しているのがきこえる。ウィリアムは忍び足で階段の途中まで降りると、手すりから身を乗りだした。

「さあ、どうだろう」父さんの声がきこえた。「もちろん、ただの偶然かもしれないが、どんな危険も冒すわけにはいかない」

「研究所には連絡を取ったの？」母さんがたずねた。

「ああ、こっちに向かっているそうだ。博物館での一件については、とっくに知られていたらしい。そもそも、インポッシブル・パズルの世界ツアー自体、きっと彼らが仕組んだにちがいない」

「あの子を見つけだすために？」

「遺伝子には逆らえない。向こうにしてみれば、餌に食いつくのを待っていればいいだけの話だったんだ」父さんは言った。

「だけど、あの子をイギリスに送り返すなんて……ほかに選択肢はないの？」

「しばらく国外にいさせたほうがいい。少しのリスクも許されないんだ。いまのあの子にとって、研究所はどこよりも安全な場所だろう」

「こんなの、もううんざりよ。こそこそ隠れて生きるのは。もとの暮らしにもどりたい」母さんはいまにも泣きだしそうだ。

「私もだよ、だがこうするしかない」父さんは言った。

物音がして、ウィリアムはリビングの会話から注意をそらされた。暗い廊下に目をもどす。

人生の大半を過ごしてきたから、この家のことは知りつくしている。とくに、この家がどんな音を立てるかということは。嵐のときに壁が軋む音。暑い夏の日に屋根がパキパキいう音。でも、いま耳にしているのは、ききおぼえのない音だ。ガチャンという乾いた音。金属と金属がぶつかり合うような。音は玄関からきこえてきている。

ガチャン……ガチャン……ガチャン……

ウィリアムは手すりからさらに身を乗りだして、暗がりに目を凝らす。

ガチャン……ガチャン……ガチャン……

とつぜん、大きな黒い影が目に入った。影は壁沿いに移動し、ふっと消えた。ウィリアムはさけぼうとしたけれど、父さんに先を越された。声の限りにさけぶ声が響いた。「**ウィリアム！この家から逃げろ！　走れ！　走れ！**」

ウィリアムは呆然として、踊り場に立ちつくしている。母さんの悲鳴と、父さんがもう一度さけんでいるのがきこえた。「**走れ、ウィリアム、走れ！**」

ウィリアムは身をひるがえして走りだした。自分の部屋に駆けもどり、ドアを閉める。家全体が揺れているようだ。

階段をあがってくる重い足音がきこえてきた。ドシンドシンと足音が近づくにつれて、踏み板がキイキイ軋んでいる。足音はウィリアムの部屋の前でぴたりと止まった。

身じろぎもせず、息を殺して耳を澄ます。何もきこえない。物音ひとつしていない。

完全な静寂。あまりにも静かすぎる。

すると、前方のどこからかコツンと音がした。顔をあげて、おそるおそる部屋の中を見まわす。窓だ！

窓をめざして駆けだすのと同時に、背後でドアが木っ端微塵に砕けた。ウィリアムは窓をぐっと持ちあげてひらくと、暗闇に身をおどらせた。

第八章
襲撃

ウィリアムはドサッと雪の上に落ちた。

前のめりになってごろんと転がったあと、すぐに立ちあがって靴下のまま駆けだし、庭をつっきっていく。靴を履いてなくたってかまうもんか、とにかく逃げないと。

背後の家から、低いとどろきとすさまじい音が響いてくる。何者かが家を破壊しているような音だ。

ほどなくして、ウィリアムは雪で凍った道路に足をすべらせながら走っていた。窓が割れる音と、何か重いものが雪の上に着地する音がきこえた。と、後ろで木製のフェンスが粉砕されるのがわかった。

何者かが追ってきている。大きな何かが。

ガチャン……ガチャン……ガチャン……廊下で耳にした音だ。

ウィリアムはどこかの家の庭を通りぬけた。ご近所さんの家のドアをノックしてみるべきだろうかと思ったけど、すぐにその考えを却下した。つまずきながらも走り続けているうちに、来たことのない通りに出た。足が痛くなり、肺が苦しくて、腿の筋肉が焼けるようだ。そろそろ脚が限界だ。どこへ向かっているのかもわからずに、ただひたすらに走り続けるしかない。いきなり足元がくずれて、斜面を転がり落ちた。息をあえがせながら、どうにか立ちあがってあたりを見まわす。広い原っぱのへりに来ていた。背後にちらりと目を向ける。あとを追ってくるものの気配はない。逃げきれたんだろうか？

ウィリアムは考えをまとめようとした。雪がまた降りはじめていて、寒さで体がふるえている。暗い空から大きな雪片がふわりと舞い落ちてくる。

原っぱをつっきって走り続けたけれど、雪が深くて思うように進めない。原っぱの端までたどり着くと、高い金網のフェンスがあり、向こう側に何があるのかとのぞきこむ。ひとけのない工業団地跡か何かのようだ。フェンスをよじのぼり、おんぼろの建物のひとつに向かう。

建物のドアはなくなっていて、中に入ることができた。天井から赤さび色の水滴がしたたっている。片隅にタイヤのないトラックが放置された倉庫だ。がくがくする脚でトラックに近づき、中をのぞきこんだ。ドアをあけようとしたが、ロックされている。倉庫の中を見まわすと、床にモンキーレンチが落ちていた。それを使ってトラックの窓を割り、乗りこんだ。

全身が痛くて、頭はいまにも破裂しそうだ。とにかく今夜を乗りきるしかない。夜が明ければ、助けを求められるはずだ。まずは父さんと母さんをさがさないと。ふたりは無事に逃げられただろうか？　そのとき、黒い影が倉庫の入口をよぎるのが目に入った。ハッとして、フロントガラスのほうに身を乗りだし、しばし暗闇をのぞきこむ。何もない。雪が舞い落ちてくるだけだ。ウィリアムはまたシートに頭をもたれた。

なんの前ぶれもなく、頭上で爆弾が破裂したような衝撃があった。トラックのボンネットに勢いよく大きな鉄の梁が落ちてきて、フロントガラスが粉々に砕けた。ウィリアムがぎゅっと目をつぶって体を縮こまらせているあいだにも、つぎからつぎへと梁や波形鉄板がトラックの周りに降りそそぐ。

やがて、あたりはふたたび静まり返った。

ウィリアムはおそるおそる目をあけた。建物の屋根が丸ごと吹き飛んでしまっている。雪がはげしく降っているせいで、頭上に何かいるのかどうか、確かめることもできない。

戸口で動きがあった。ふたつの黒い人影が倉庫に入ってくる。ひとりは銃のようなものを持っていて、強烈な光を点滅させている。男は銃をかまえて、トラックの運転台で身をすくめているウィリアムに狙いを定めた。

とつぜん、大きな鉄のかぎ爪が轟音とともにトラックの屋根をつかみ、とてつもない力でぐいっと宙に持ちあげた。ウィリアムは悲鳴をあげ、ハンドルにしがみついた。最後に見えたのは、トラックを照らすまばゆい光線。

そしてすべてが闇に包まれた。

第九章

謎の車

ウィリアムは何か柔らかいものの上に横たわっていた。体がゆらゆら小さく揺れている。かすかな雑音がきこえ、眠りから目覚めた。何があったんだ？　雪と……衝撃と青い光と……。ふいに父さんのおびえたさけび声がよみがえる。「**走れ、ウィリアム、走れ！**」ちょこちょこと逃げていく小さな甲虫、トラック……。がばっと身を起こし、あたりを見まわした。

ウィリアムは、車通りのない高速道路を猛スピードで走る車に乗って、黒いシートに座っていた。頭に手をやると、ひたいに包帯がしてある。全身を確かめると、ちょっと痛いところはあるけど、一応は無事のようだ。

身を乗りだして、後部座席と運転台をへだてているガラスの仕切り板の向こうをのぞいた。運転席と助手席には、ふたりの赤毛の男が座っている。あの倉庫にいたやつらだろうか？　パニックがわきあがる。こいつらは何者なんだ？　ぼくをどうしようっていうんだろう？　この八年間、ぼくたち家族はこいつらから隠れていたのか？

　バックミラー越しに、男のひとりと目が合った。男は小さな冷たい目でウィリアムを見つめたあとで、目をそらした。ウィリアムは肩の力をぬこうとした。こいつらがぼくを殺すつもりなら、こうしてまだ生きていられるはずがない。このふたりは、ぼくを追いかけているやつから助けてくれたのかも。ウィリアムはガラスの仕切り板をおずおずとノックした。男たちは無反応だ。だんだん強く、さらに何度かノックをくり返す。

「**あんたたちは何者なんだ?**」ウィリアムは大声をだした。ふたりはふり返らない。

　目の前のガラスが急に真っ暗になったかと思うと、豊かな茶色い髪に大きな青い目をした綺麗な女の人の映像が映しだされ、優しそうな笑顔を向けてきた。

「ようこそ、ウィリアム・ウェントン」女の人はもの柔らかな声で言った。

　ウィリアムは目をみはった。ウィリアム・ウ、ウ、ウ、ウェントンだって?　なんでぼくの本当の名前を知っているんだ?　高画質の映像をまじまじながめた。女の人はまぶしい白い歯を見せてほほえみかけてくる。

「わたしの名はマリン、〈ポスト・ヒューマン研究所〉にあなたをお迎えできて嬉しいです。もうじき、オスロ郊外のガーデモエン空港に到着します。そこからプライベートジェットでヒースロー空港へ向かいます。到着後は、イングランドののどかな田舎に位置する研究所へとお連れします。よりくわしい情報につきましては、機内でご案内があります。それまでどうぞ快適な旅をお過ごしください」

「どうも」ウィリアムはもごもごつぶやいた。

「それと、ご両親からメッセージをお預かりしています」マリンは話を続けた。「おふたりともご無事です」

「無事」ウィリアムはぽつりとくり返した。ふたりとも生きてるんだ。目から涙があふれでてくる。何も言えずにいるうちに、母さんと父さんの姿が画面に映しだされた。ふたりはウィリアムが乗っているのとそっくりな車の後部座席に座っている。

「ウィリアム……」母さんが涙をこらえながら話しはじめる。「かわいいウィリアム。まさかこんなことになるなんて。でも、あなたが怪我もなく無事でいてくれるだけでも……」母さんはそこで口をつぐみ、息を吸ってティッシュで涙をふいた。「そう遠くないうちに、また会えるわ」

母さんは父さんを見て、その手を握りしめた。

「ウィリアム、おまえに話しておくべきだったことが山ほどある。だが、できるものなら知らせずにおくほうが、おまえのためだと思ったんだ。研究所に着いたら、すべてを説明してもらえることになっているよ」父さんは笑顔を見せた。

「ウィリアム、心から愛しているわ」母さんが言った。

「ぼくも愛してるよ」ウィリアムがささやいたあと、画面がちらちら揺れて、映像は消えた。

また両親の映像が映しだされるのを期待するように、ウィリアムは目の前のガラスをじっと見つめていた。けれど、もう映像は現れなかった。ふたりが言っていたことについて、思いをめぐらせる。研究所って、なんなんだ？　前にいるふたりの男にきいてみるべきだろうか？このふたりはきっと研究所の人間なんだろうけど、どう見てもおしゃべりが好きそうなタイプじゃない。となると、待つしかない。ぼくも父さんも母さんも無事で、両親が事態をちゃんと把握していることを信じるのみだ。ウィリアムはさっきよりもリラックスして、柔らかいシートに背をもたれると、通り過ぎていく田園風景をながめた。

数時間後、車はガーデモエン空港の立ち入り禁止区域に乗り入れた。そこにはぴかぴかの旅客機が待ち構えていた。パイロットの制服姿の男性がこっちに向かって手をふったあと、コックピットの中に姿を消す。車は飛行機の鼻先で停まった。すると、電動モーターの音がして、巨大なサメの口みたいに飛行機の前部がひらいた。じゅうぶんに口がひらくと、車ごと機内に乗りこんだ。

第十章 ノルウェーからイギリスへ

ウィリアムは飛行機の客室をひとりじめしていた。しかも、よくあるただの客室じゃない。どこもかしこも真っ白でぴかぴかだ。普通の座席はなく、大きな白いソファがふたつ置かれているだけ。ウィリアムはシートベルトをしっかり締めて、ソファのひとつに座っている。なんだか豪華な宇宙船に乗っているみたいだ。

飛行機はもう空に飛び立っていて、眼下に雲の層が見える。客室は静かで、遠くでエンジンが回転する音のほかは何もきこえない。

いきなり目の前にあるテーブルがふたつに分かれたかと思うと、あいだからすっとスクリーンが現れて、ウィリアムは飛びあがった。画面には〈ポスト・ヒューマン研究所〉という青いロゴが映しだされている。ロゴは二、三回転したあとで消えて、代わりにマリンが現れた。輝く白い歯を見せて、ウィリアムにほほえみかけている。

「ウィリアム・ウェントン、ご搭乗ありがとうございます。〈ポスト・ヒューマン研究所〉の一同は、新たな候補生としてあなたを心から歓迎します」感じがいいけど単調な声で、マリンは言った。「快適な旅をお過ごしでしょうか。じきに機内食のサービスがはじまります」

「候補生って?」ウィリアムはたずねた。

「のちほど情報ボットがどんな疑問にもお答えします。それまでのあいだは、研究所のバーチャルツアーをお楽しみください」

ウィリアムの前のスクリーンに、巨大な白い建物の写真が流れていく。

「研究所は一九六七年に設立され、人類に貢献する研究にたゆまず取り組んできました」マリンは説明を続ける。

光沢ある白い建物の外観は、ウィリアムが乗っている飛行機と同じく、どこまでもなめらかだ。

「ここ〈ポスト・ヒューマン研究所〉では、過去と現在が完璧に調和して融合しています。中でもバイオテクノロジーと人工知能の研究に力を入れています。研究所は毎年、暗号解読や暗号作成、問題解決の分野において優れた能力を持つ候補生を数名受け入れています。候補生のひとりとして、〈ポスト・ヒューマン研究所〉のあらゆる設備を存分にご活用ください。研究所で生産的な時間をお過ごし頂けますよう、わたしたちがサポート致します。ご清聴ありがとうございました」

そのあと画面は黒くなり、スクリーンはテーブルの中にもとどおり収納された。

ウィリアムはいま目にしたものについて考えた。〈ポスト・ヒューマン研究所〉？　なんだってぼくはそんなところに連れていかれるんだろう？

それに、候補生って？

客室の前方にあるドアがスライドしてひらく音がして、給仕ワゴンがこっちに向かってくるのが見えた。ワゴンはキーッと音を立てて、にわかに止まった。

「全粒粉か精白粉のパンに、具は合成ハムか合成トウフをお選び頂けます」側面からロボットアームをつきだして、トレイの上のさまざまなボトルやバゲットを示しながら、ワゴンは案内していく。「喉が渇いていらっしゃるのなら、合成水か合成オレンジジュース、火星ジュースはいかがでしょう」

「どうしてなんでも合成なの？」ウィリアムは、もっとよく見ようと身を乗りだした。

「合成なのは合成だからです」ワゴンはもどかしそうに答える。

ウィリアムはとまどいながら、ラップに包まれたバゲットとボトルをながめた。合成っぽさはみじんもない。

「さて、いかがなさいますか？」ワゴンは車輪を回転させて近づいてくる。

「じゃあ、全粒粉のパンにハムのサンドと、火星ジュース」ウィリアムは迷いつつも答えた。

「すばらしい選択です。いまは火星ジュースが一日でいちばんおいしい時間ですからね」ボトルのキャップがポンとひらき、ロボットアームがサンドイッチと紫色のジュースが入ったグラスをウィリアムの前のテーブルに置いた。

「どうぞ召しあがれ。お食事がすんだら、ゴミ回収ボットが片付けに参ります」

ワゴンはまたキーッと音を立ててバックして、猛スピードで客室の前方にもどっていく。

「えっと……？」

「ゴミ回収ボットが片付けに参ります。焦ることはありません。どうぞごゆっくり」ワゴンはそう言いのこし、ドアの向こうに姿を消した。

ウィリアムはテーブルに置かれた食事をまじまじながめた。サンドイッチのラップをはずし、においをかいでみる。合成ハムってなんなんだ？　それに火星ジュースって？

おっかなびっくり、ひと口かじった。ハムの味は普通で、むしろおいしい。もうひと口、もうひと口、とガツガツ食べて、たちまちペロリとたいらげてしまった。こんなにおいしいサンドイッチは食べたことがない。

食べ終わると、火星ジュースをひと口飲んだ。さっきとは色が変わっていて、いまは赤くなっている。甘いイチゴとバニラアイスみたいな味だ。なんかおかしいぞ、と思いながら、さらにがぶりと飲んだ。今度はオレンジの味がする。それに、ジュースはもう赤くない。オレンジ色になっている。

ドアがまたひらき、ワゴンが車輪を回転させてこっちへ近づいてきた。「ゴミはございますか？」ワゴンは丁寧な口調でたずねた。

「きみって、さっきと同じワゴンじゃ……？」

「いいえ、ちがいます！」ワゴンはムッとして否定し、ロボットアームをつきだして、ラップやナプキンのゴミをひったくるように回収した。「失礼しました。引き続きどうか楽しい旅を」

ゴミ回収ボットはそう言って、バックして遠ざかっていく。

「あのさ、ちょっとききたいんだけど……」

「情報ボットがどんな疑問にもお答えします」ワゴンはドアの向こうに消えていった。

ウィリアムはソファに深く腰かけ、目を閉じて考えをまとめようとした。ところが、またもや客室前方のドアがひらく音がした。目をあけると、中央にある通路をまた同じワゴンがやってくるのが見えた。ワゴンはがくんとなって、ウィリアムの横で止まった。

「ご質問は？」ワゴンはたずねた。

「うん、きみは給仕ワゴンで、ゴミ回収ボットで、情報ボットでもあるの？」

「存在に関する疑問があるのなら、哲学ボットに相談してください！　つぎにこちらに来させますので。ほかにご質問は？」

「ぼくはどうしてここにいるの？」ウィリアムは質問した。

ワゴンは「それは……」と言ったきり、だまりこんでしまう。小さく点滅していたライトが消えた。まるで電源を切ってしまったようだ。あるいは、ショートしてしまったのか。

「おーい？」ウィリアムはためらいがちに声をかけ、ワゴンを軽く叩いた。うつろな金属音が反響するだけだ。からっぽのトースターの側面を叩いたみたいに。

ワゴンはそのまま動かない。

すると、とつぜんライトが点いて、低いうなりとともにワゴンはまた作動しはじめた。「遅くなって申し訳ありません」とワゴンは言った。「さきほどのご質問につきましては、本部に到着したら回答が得られることになっています」

ウィリアムはソファにどさっと座りこんだ。ワゴンと口論するほどの元気はなかった。

「ほかには何か？　飛行機旅行や廃棄物処理、合成食品に関する知識なら豊富にございますが」

「ううん、もういいよ。ありがとう」

「では引き続き旅をお楽しみください。あと一時間十三分で着陸する予定です」ワゴンはさがっていく。「ひと眠りすることをお勧めしますよ」最後にそう言いのこして、ワゴンは通路の奥にあるドアの向こうに消えた。

ウィリアムは横を向き、窓の外をながめた。見えるのはどこまでも広がる暗闇だけだ。いまは、とてもじゃないけど眠れそうにない。疲れてはいたけれど、頭の中を疑問が駆けめぐっている。

ぼくはどこへ向かっているんだろう？　父さんと母さんに何があったんだろうか？

第十一章

〈ポスト・ヒューマン研究所〉

ウィリアムはびくっとして目を覚まし、おそるおそるあたりを見まわした。

さっきまでと同じ車の後部座席に寝ていた。最後におぼえているのは、この車にふたたび乗りこんで、飛行機から降りたことだ。車はイギリスの田舎の奥へと向かう道を延々と走り続けた。ウィリアムはとうとう疲労の限界になって、眠りこんでいたらしい。

車は大きな石造りの階段の前で止まった。ウィリアムはまばたきをして眠気を覚まし、体を起こした。

機内で見た映像に出てきた建物だ。実物はさらに大きく見える。ふいに車の窓をノックされ、車から降りるよう手袋をした手で合図された。ドアがひらき、ウィリアムは慎重な足取りで車から降りた。いつの間にか新しい靴を履かせてもらっている。

「ようこそ、ウィリアム・ウェントン」黒く背の高い人影が深々とお辞儀をした。その顔には、なんの表情も浮かんでいない。黒い燕尾服に白いシャツ、青い蝶ネクタイというい でたちだ。

「私はティム・カトラー」男性は単調な声であいさつすると、また背すじをしゃんと伸ばした。

「ウィリアムです」ウィリアムは片手を差しだした。

「存じております」カトラーは言い、ふたりは握手をかわした。「私は当研究所の執事長を務めております。さて……どちらにございますかな？」

「どちらにって、何が？」ウィリアムはたずねた。

「お荷物ですが」

「ああ。何も持ってきてなくて」ウィリアムは弁解するようにほほえんだ。

カトラーはびっくりした目でウィリアムを見ている。

「何も持ってきていないですと？　清潔な肌着も、靴下も、何も？」カトラーは大声をだした。

ウィリアムは首をふった。

「歯ブラシも？」

「ちょっと急いでたんで」ウィリアムは頰が赤くなるのを感じた。

「結構です。では、こちらへ」

カトラーは片手の手袋をはずし、ドアに内蔵された赤いセンサーの前で手をふった。カチッカチッと短く二回音がしてドアがひらき、カトラーは手をおろして手袋をはめなおした。

「お先にどうぞ」とカトラーは身ぶりで示す。

ウィリアムはドアをくぐりぬけると、「あぶない！」というさけび声を耳にしてぴたりと足を止めた。きょろきょろ見まわしてみたけれど、声がどこからきこえているのかわからない。何かが脚に強くぶつかって、ウィリアムはバランスを崩して倒れた。わけがわからないまま体を起こし、むこうずねを押さえる。

「気をつけろ！」背後でカトラーが注意した。

「ごめんなさい」けれどウィリアムは、怒られているのが自分じゃないことに気づいた。カトラーは、床の上の小さな電気掃除機に向かって、人さし指をふってみせている。

「あっと、ごめん。テレビルームに行くところだったんだ。『ターミネーター』をやってるもんだから」掃除機はせわしなく行ったり来たりしながら、申し訳なさそうに謝った。

「掃除機はテレビなんぞ見んでよろしい。ドッキングステーションにもどりなさい。明日のために必要な電気を充電しておかないと」

「了解」掃除機はくるっと回って、来た方向へのろのろと引き返していく。「あのさ、悪かったね」ウィリアムに向かってもごもご言いながら、行ってしまった。

「どうしようもない機械だ」カトラーは見くだすように言い、また歩きだす。

ウィリアムは立ちあがり、周囲を見まわした。広々した玄関ホールだ。天井からは巨大なシャンデリアがぶら下がっている。目の前には、四車線道路ほどの幅広い大きな階段があり、二階へと伸びている。

「こちらですよ！」カトラーが呼びかけてきた。

ウィリアムはあとを追って歩きだしたが、細い脚のついた四角い金属の箱が階段を降りてくるのを見て、立ち止まった。金属の箱は、階段の下までたどり着くと、向きを変えて今度は階段をのぼっていく。

「あれは何？」ウィリアムはたずねた。

「階段ボットです」カトラーはどうでもよさそうに答えた。

「何をしてるの？」

「階段をのぼり降りしております。さあ、参りましょう。ぐずぐずしている暇はありません」

「でも、なんのために階段ののぼり降りしかできないロボットがいるの？」長い廊下を進んでいくカトラーに置いていかれないよう、急いで歩きながら、ウィリアムは質問した。

「ここは研究施設です。つまり、ここにあるものの大半は実験的な試みです。そして、まったく実用的ではないものも、よくあるわけです」

カトラーは、背が高く平べったいロボットの横で立ち止まった。ロボットは壁に貼りつくようにじっと立って動かず、まるで気づかれないようにしているみたいだ。

「たとえばこのロボット。これは中でもいちばんの役立たずです。議論ボットですよ」カトラーは軽蔑をあらわにして言った。

「議論ボットは何をするの？」ウィリアムはきいた。

「真っ赤な嘘と、悪意あるうわさに過ぎない」議論ボットはぶっきらぼうに言い返す。

「言うまでもなく、議論です」カトラーはまた歩きだす。

「ふん、執事の制服を着た安っぽいペンギンの物まね芸人よりマシだがね」議論ボットはぴしゃりと返した。

カトラーはぴたりと止まり、ふり返る。「いま、なんと？」

「べつに。そんなに背が低い割にずいぶん太ってるなって」

カトラーは議論ボットにつかつか歩み寄った。「近々、おまえが油断しているときに、プラグをひっこぬいてやる」食いしばった歯のすきまからうなるように言い、冷たくあざ笑う。

「おれはバッテリー駆動だけどな」議論ボットは言った。

「ばかなことを」カトラーは近くのコンセントに差しこまれたプラグのコードを指さした。

「だったら、あれはなんだ？」

「あれはランプのコードだよ」議論ボットはとなりのフロアランプにうなずいてみせた。

「やめてくれ！」ランプがむっとして声をあげた。

カトラーはあきれた顔で首をふっている。

「こいつは役立たずだと言ったでしょう？」カトラーはウィリアムに向かってぶつぶつ言いながら、ふたたび廊下を急ぎ足で進みはじめた。「行きましょう！」

ウィリアムもあわてて歩きだし、カトラーに追いつくと、丸いロボットが細くて長い脚をぶらぶらさせながら椅子に腰かけているところを通り過ぎた。

「これは着席ボットかな？」ウィリアムはふざけて言った。

「のみこみが早いですな。私はハンプティ・ダンプティと呼んでいますがね。さあ、着きました」カトラーは大きな白いドアの前で足を止めた。「ミスター・ゴッフマンがお越しになるまで、図書室でお待ちください」

カトラーはドアの前で二回、手をふった。ドアはシューッと電気の作動音を立ててひらいた。

「どうぞ中へ。そうそう、司書にはご用心を。彼はちょっとばかり……なんというか……気まぐれなので」

第十二章
ミスター・ゴッフマン

ウィリアムは部屋の中を見まわした。壁と天井は、床と同じくぴかぴかのステンレス製だ。片隅にあるソファは、一度も使われたことがなさそうに見える。目の前の机に置かれているものは、すべてまっすぐに並んでいる。どこを向いても、本は一冊も見あたらない。実際のところ、この部屋には図書室らしさが少しもない。

「ミスター・ゴッフマンは、いま角を曲がったところだよ」と、しゃがれ声がきこえた。

ふり返ったけれど、人の姿はない。ウィリアムは待ってみることにした。司書についてカトラーが警告していたのを思いだす。

「ミスター・ゴッフマンは、いま角を曲がったところだって言っとるんだ！」その声はくり返した。

「きこえてるけど……えっと、どこにいるの？」

「ここに決まっとるだろうが」いらだった声の返事がある。

電動モーターの低いうなりがきこえたけれど、やっぱり誰の姿も見えない。

「後ろだよ」

さっとふり向くと、車輪のついたロボットが見えた。四本の長いアームを備え、図書室そのものにも負けないぐらいぴかぴかだ。周囲にすっかり溶けこんでいて、ぱっと見ただけではそこにいるのがわからないほどだ。

「あなたは司書？」

「そのとおり」ロボットは答えた。「アルバートだ」

「でも、どこに本が――？」ウィリアムは言いかけた。

ところが、最後まで言い終わらないうちに、アルバートの長いアームの一本がつきだされて、細い針でウィリアムの人さし指をチクリと刺した。

「イテッ！」ウィリアムはさけんだ。人さし指を見ると、赤く血がにじんでいる。

「すまんな」アルバートはべつのアームを伸ばし、血を一滴、ピペットを使って急いで取った。

「なんのまね？」ウィリアムはおどろいてロボットを見つめながら言った。

「なんの害もない、ちょっとした血液検査だよ」アルバートは車輪を転がして、わきへ寄る。

「よし、と。とりあえずソファに座っておくといい。暇つぶしの読み物もあるぞ。なんといっても、ここは図書室だからな」

アルバートは電子ブックリーダーを差しだした。ウィリアムは一瞬ためらったあと、ブックリーダーを受け取ってソファに腰かけた。と、いきなりぐいっと髪の毛を引っぱられる。

「イテッ！」とまたさけび、うろたえながらロボットを見つめる。

アルバートは片手にウィリアムの髪の毛をひとふさ、握りしめている。

「悪いね」アルバートは申し訳なさそうに謝り、髪の毛をあわてて後ろに隠した。「一般的なただの毛髪検査だよ。これで終わりだ、約束する。もう検査はないし、嘘もついとらん」

ウィリアムはソファに座りなおし、ブックリーダーを起動した。画面に作品のラインナップが表示される。一冊目のタイトルは『もうひとつの数学』。つぎの作品は『ピラミッド理論と機械仕掛けの折り紙』。ウィリアムは思わず笑顔になった。この研究所なら、なじめそうだ。

「もう読んだ作品もあるんじゃないかね」背後から低く太い声がきこえてきた。

ふり返ると、黒いスーツ姿で白い杖をついた、おどろくほど背が高くやせた男の人が立っている。髪の毛は真っ黒だ。深みのある黒い目で、こっちをじっと見つめている。

「旅は快適だったかな？」男の人はたずねた。

「は、はい」ウィリアムは立ちあがり、つっかえながら答えた。

「それはよかった」男の人はふり向いて、今度はアルバートに話しかけた。「アルバート、必要なものは手に入れたかね？」

ロボットはピペットとウィリアムの髪の毛を掲げてみせる。

「もうさがっていいぞ」と男の人は言った。

アルバートは通路を通りぬけて出ていき、ドアが閉まった。男の人はドアが閉まるまで待ってから、ウィリアムのところにもどってきて、片手を差しだした。

「フリッツ・ゴッフマンだ。立ち話もなんだから、かけるとしよう」ゴッフマンはあいさつし、ソファを示した。「私のことは何も知らないだろうが、こっちはきみのことをかなりよく知っている」ゴッフマンは真剣なまなざしを向けてきた。

「ぼくはどうしてここにいるんですか？」ウィリアムは思わず言った。

「話せば長いが、こうするのがきみにとっていちばんだからだよ。いずれもっと多くを知ることになるはずだ。さしあたっては、とにかく私を信じてほしい。いいかね？」

ウィリアムはこの細身で背の高い相手をしばらく見つめたあとで、うなずいた。「機内で見た映像で、候補生っていう話があったけど、ぼくは何かの候補生なんですか？」

「今日はめまぐるしい一日だっただろう。きみがこの研究所にいる主な理由は、いまのところきみにとってここが最も安全な場所だからだ。だが、きみは有望な候補生になれそうだとも思う。それについては、明日になればもっと色々わかるだろう」ゴッフマンは何か隠しているような笑みを浮かべ、つけ加える。「ここで学ぶことは、普通の授業からは、かけはなれているがね」

「ぼくの親はどこにいるんですか？」

「ふたりなら心配ない、秘密の場所に無事にいる。しかし今回は間一髪だった」

「今回？」

「そうとも。エイブラハム・タリーの襲撃は、これがはじめてではないからな」

エイブラハム・タリー？　ウィリアムは息を飲んだ。「エイブラハム・タリーって？」

「じつに……危険な……男だ」ゴッフマンは静かな口調で言う。

「ぼくらがそもそもノルウェーから逃げなきゃならなかったのは、その男のせいですか？」

ゴッフマンは躊躇したあと、答えた。「ある意味では、そうだ」

「でも、なんでそいつはぼくらをつけ狙うんです？」

ゴッフマンはウィリアムにさらに顔を近づけた。「やつの狙いはわれわれではない……」そこでゴクリと唾を飲んだ。「やつの狙いはきみだけだ」

ウィリアムは身をこわばらせた。「ぼくだけ？」

「だが、やつはここできみをつかまえることはできんよ、ウィリアム。きみにとって、いまはこの研究所がどこよりも安全な場所だ。トバイアスを見つけだすまでは」

ウィリアムの鼓動（こどう）が飛びはねた。「そ、それって、ぼくのおじいちゃんのこと？」口ごもりながらたずねる。

「さよう。トバイアス・ウェントンだ」

「おじいちゃんを知ってるんですか？」

「よく知っているとも」ゴッフマンは認（みと）めた。「じつはな、トバイアスはこの研究所の創設者（そうせつしゃ）のひとりなんだ」

第十三章
世界一の暗号解読者

廊下を大股でずんずん歩いていくフリッツ・ゴッフマンに遅れないよう、ウィリアムは小走りでついていく。まだショックがぬけない。おじいちゃんに関するさっきの話を信じられずにいる。

「トバイアス・ウェントンは、世界一の暗号使用者だった――いや、いまもだ」ゴッフマンは言った。「クリプトグラファーがどんなものかは知っているね？」

「暗号を解く人のことでしょう」

「そのとおり」ゴッフマンはにっこりした。「トバイアスがいなくなって、この研究所も変わった」

「でも――」ウィリアムは言いかけたけれど、ゴッフマンにさえぎられた。

「疑問は山ほどあるだろう。こちらとしても、できるかぎり答えるつもりだ。だが、あせることはない。時間も遅いし、もう寝ないと。きみの部屋は階段をあがった東棟に用意してある。

くつろげるはずだよ」

ウィリアムは議論ボットの姿を見つけた。ひとことふたこと、何か言ってくるだろうと思っていたのに、議論ボットはだまっている。それどころか、通り過ぎるふたりに向かって、丁寧にお辞儀をした。

「ぼくはいつまでここにいなきゃならないんですか？」ウィリアムはたずねた。

「エイブラハムがきみをさがしだそうと躍起になっているあいだはずっと。ともあれ、ここにいれば退屈はしないはずだ。きみみたいな人間の才能を伸ばす、やり甲斐のあるカリキュラムを組んであるからな。この研究所はきみにうってつけの場所だよ」

「ぼくみたいな人間？　つまり、ぼくは……候補生ってことですか？」

「そのうちわかる。いずれにしても、しばらくここにいるのだから、何かやることがあったほうがいいだろう」ゴッフマンはまたいたずらっぽい笑みを浮かべて言い、階段をのぼっていく。

階段の中央を降りかけていた階段ボットがぴたっと止まり、あわてて端に寄って、ゴッフマンとウィリアムのために道をあけた。

廊下をずっと進んでいき、建物の広い両翼の片側に向かい、赤いドアの前で足を止めると、ドアはシューッという音を立ててひらいた。

「広い部屋じゃないかもしれんが、必要な物はすべてそろっているよ」ゴッフマンはウィリアムに部屋の中を見せた。「明日の朝いちばんに、ベンジャミン・スラッパートンの個人指導を受けられることになっている。この研究所でわれわれが何をしているのか、彼の口からくわしい説明がきけるだろう。いささか変わり者だが、最高の暗号解読者だよ――むろん、きみのおじいちゃんはべつとして。では、おやすみ」ゴッフマンは部屋から出ていき、ドアを閉めた。

部屋に備えつけられているのは、最低限の家具だけだ。タータンチェックのキルトと枕が綺麗に整えられたベッド、小さな窓に面して置かれた机と鏡台。ウィリアムはベッドに腰かけた。ゴッフマンからきいた話をふり返る。おじいちゃんは本当にこの研究所の創設者のひとりだったんだろうか？　ここで具体的に何をしていたんだろう？　ここにいればぼくが安全だって、どうしてゴッフマンはあそこまで確信しているんだろう？

立ちあがり、ちゃんと施錠されているか確かめるため、ドアへと向かう。ドアノブをがちゃがちゃ回してみる。

「毎晩十一時を過ぎると、ドアは施錠されるんだ」だしぬけにドアがしゃべった。ぎょっとして、ウィリアムは飛びすさった。

「ええっ？」

「なんでもきいてよ」

「こんなことをきく権利はないってわかってるけど」少しして、ドアは切りだした。「この研究所に新入りがやってくると、どうしても色々と気になってね」

つられてウィリアムも笑った。笑うと気分がいいことに気づいて、また笑った。

「あちゃー、ばれたか。ちょっとからかってみただけだよ。おれはしゃべるドアさ。でも、一瞬だまされただろ？」ドアはそう言って、楽しそうに笑った。

にゅっとつきだされても不思議じゃない。

「手もないのに、どうやってラザニアをつくるの？」ウィリアムは一歩さがってたずねた。これまで研究所で目にしてきたものを思えば、曲げ伸ばしできる金属のアームが二本、ドアから

「そう、野望」ドアはきっぱり言った。「おれは腕のいい料理人でね。食べたこともないほどうまいラザニアをつくるよ。保証する。で、いずれは自分の料理番組を持つんだ」

「野望？」

「こんなの、下っ端の仕事さ。一、二年以内には、まったくべつの仕事をするつもりだよ。おれには野望があるんだから」

ドアノブの真上にスピーカーがついているのが見えた。「きみはしゃべるドアなの？」

「どうしてこの時期に新しい候補生を連れてきたのかな?」

「だったら、候補生がなんなのか説明してくれる?」ウィリアムは言った。

「きいてないのか?」

「うん」

ドアはしばし考えこんだ。「しまったぞ、よけいなことをしゃべりすぎた。またやっちまった」ドアはため息をついている。

「そう言わずに、教えてよ。候補生って?」

ドアはまただまりこんだあとで、口をひらいた。「いいだろう。候補生っていうのは、暗号解読者で……もっと正確に言えば、未来の暗号解読者だ。ほら、話したよ。これ以上は何もきかないでくれ」

「ぼくのおじいちゃんは暗号解読者だったんだ」

「へえ」

「この研究所で働いてたらしい」

「おじいちゃんの名前は?」とドアがたずねる。

ウィリアムはためらった。

「いいじゃないか」じれったそうに、ドアはうながしている。「会話ってのはひとりじゃ成り立たないんだぜ。こっちだって話したんだから、今度はそっちが話す番だ」

ウィリアムは部屋を見まわし、ほかに誰もいないのを確かめてから、ドアに身を寄せて言った。「トバイアス・ウェントンだよ」

おじいちゃんの名前を声にだして言うのは、おかしな感じだった。幼いころ、ベッドに入ったあと、布団の下で自分にしかきこえないよう小声でつぶやいてみることはあった。でも、大きな声ではっきり言ったことは一度もない。ウィリアムは反応が返ってくるのを待っていたけれど、ドアは物音ひとつ立てずにいる。

「おーい？　起きてる？」ウィリアムは声をかけた。

反応がない。小さなスピーカーを軽く叩いてみる。「起きてる？」

「トバイアス・ウェントンだって？」ドアはささやいた。「本当なのか？」

「うん、まちがいないよ。知ってるの？」

「知ってるかって？　トバイアス・ウェントンは、この研究所の誰よりも優秀な暗号解読者だ。言っておくが、彼は数年間この部屋で暮らしていたんだぞ」

「おじいちゃんが？」ウィリアムはびっくりしている。

「そうさ、あちこち旅してばかりいたけどな。おれはトバイアスの帰りをいつも待ちわびてたよ。面白い話を山ほどきかせてもらったんだ。おれたちはいい友だちだった。なのに、とつぜん……」ドアは口ごもった。

「おじいちゃんはいなくなった」ウィリアムが代わりに言った。

「そういうことだ。それに、トバイアスはあれも持っていって……」スピーカーが雑音を立てた。「いやいや、しゃべりすぎだ。もっと知りたければ、ミスター・ゴッフマンと話してくれよ」

「待って！　おじいちゃんは何を持っていったの？」

「ミスター・ゴッフマンと話してくれ」とドアはくり返した。「きみのおじいちゃんが姿を消す前、あのふたりはすごく仲がいいとは言えなかったにしても……」ドアはうっかり口をすべらせて、まただまりこんでしまう。

「そうなの？　なんで？」ウィリアムは何がなんでも会話を終わらせたくなかった。

「よけいなことまでしゃべりすぎたよ」ドアはそれしか言おうとしなかった。

しばらくのあいだ、ウィリアムはその場に立ちつくしていた。やがて、ためらいがちにドアをノックした。「おーい？」けれど、きこえてくるのは、外で風が吹き荒れる音だけだ。ふり返ると、小さな窓に雪が吹きつけているのが見えた。

窓に近づき、暗闇をのぞきこむ。頭がぼうっとしていた。何もかも、現実味がなさすぎる。まるで悪夢のように。ほんの数時間前は、ノルウェーの家にいたのに。父さんと母さんといっしょに。それがいまは、いきなり大砲から発射されて、ひとつもルールを知らないヘンテコなこの場所に着地したみたいだ。頭の中で疑問が泡立ち、あふれている。エイブラハム・タリーって何者なんだ？　どうしてそいつはぼくを狙う？

かつてないほど、真実に近づいている感じがした。ウィリアムは室内に目をもどす。おじいちゃんがこの研究所を創設した。おまけにこの部屋で眠っていたんだ。とうとう、おじいちゃんを見つけだせそうな気がする。

でも、なんでおじいちゃんは自分が創設した研究所をはなれてしまったんだろう？

第十四章

雪の公園

「コン、コン……」

ウィリアムはうなり、頭から布団をかぶった。

「コン、**コン！**」

「母さん、あと五分だけ」ウィリアムはもごもご言う。「五分でいいから！」

「おれはきみの母親じゃないぞ」ドアはちょっとまごついている。ふいにウィリアムは、自分がどこにいるのか思いだした。飛行機の旅、研究所、フリッツ・ゴッフマンと、しゃべるドア。

ベッドの上で起きあがり、室内を金色に照らしている窓から射しこむ朝日に、しょぼしょぼする目をしばたたく。

「コン、コン」ドアがまた言った。

ウィリアムは時計を見た。「なんでそんなふうにうるさくするんだよ？　こんな朝早くから」

「楽しくてやってるとでも思ってるのか？　誰かがおれを実際にノックしてるんだよ。**コン、**

コン、コン！」ドアはまた大声でさけんだ。

ウィリアムはベッドから足をおろし、ドアにたずねる。「誰が来たの？」

「誰が来たかって？　だから人はドアをあけるんじゃないのか？　誰が来たのか確かめるために」ドアは言い返した。

ウィリアムは立ちあがり、冷たい床に足をひきずってのろのろ歩いていく。おそるおそるドアをあけ、顔をつきだしてあたりを見まわす。

人っ子ひとりいない。

これは、ベーコンのにおい？

「誰もいないよ」

「足元を見なよ、おばかさん」ドアがからかった。

床の上に、湯気を立てている卵、ベーコン、ソーセージ、インゲン豆のトマトソース煮、バタートースト、紅茶をのせたトレイが置かれている。ウィリアムは身をかがめ、落とさないよう両手でしっかりトレイをつかんで持ちあげた。部屋の中に引き返し、片足でドアを閉める。トレイを机におろして、腰かけた。

「機内食と同じで、これも合成食品なの？」ドアのほうを見やり、たずねる。

「確かに合成してつくられた食品ではあるけど、味はひけをとらないし、ずっとヘルシーだよ」ドアは答えた。

ウィリアムは分厚いベーコンにフォークを刺し、口に入れた。つぎに豆と卵を。どれもすごくおいしい。夢中でペロリとたいらげてしまう。

「いままで食べてきた中で、最高の朝食だった！」ウィリアムは口をもぐもぐさせながら言い、紅茶をがぶりと飲んだ。力がみなぎってくるのがわかる。

おいしい朝食にすっかり気を取られていたため、窓の外のすばらしいながめに気づかずにいた。ティーカップをおろし、朝食のトレイをわきにどかすと、机によじのぼった。冷たい窓ガラスに鼻を押しつける。窓の外には、見わたすかぎり雪でおおわれた公園が広がっている。樹齢数百年にもなろうかという立派な木々、剪定された低木、彫像や噴水。公園の中央には、小さなあずまやとベンチに取り囲まれた凍った池がある。

背の高い木々が立ち並んだ向こうに、雪雲がひとつ見えた。楕円形のマシンが雪を踏みしめながらやってきて、巨大な吸引装置を動かして公園を横切っていく。トランペットみたいな大きなホースで雪を吸いこみ、てっぺんについた筒から乾燥した氷の結晶を吐きだしている。氷の結晶は日射しにきらめいたあと、跡形もなく消えた。

スノーマシンは、腰を曲げて雪玉を転がしている男の人のわきを通り過ぎた。男の人は赤いニット帽をかぶり、分厚い緑色のマフラーを首に巻いている。その人は雪のお城の前で足を止め、仕上げに雪玉をつけ足した。それから二、三歩さがり、得意げに腰に手をあて、作品のできばえをほれぼれとながめた。雪のお城の後ろから、青いニット帽をかぶった四角い小さなロボットがぴょこっと現れ、満足そうにうなずいている。つぎの瞬間、男の人の足から青い炎が噴きだして体が空中に浮かびあがり、小さなロボットのもとへ飛んでいく途中で帽子が落ちた。ぴかぴかの金属製の頭に太陽の光が反射している。人間じゃなくて、ロボットだったんだ！雪玉をつくり続けている二体のロボットを、ウィリアムはうっとりとながめた。

マシンの向こうの雪雲が晴れると、サッカースタジアムぐらいの広い温室があるのに気づいた。木々が一列に並んだ奥にあって、目を凝らせば中の様子が見える。天井から巨大な赤い電灯が吊り下がり、その下を大きな翼のある何かが旋回している。電灯の奇妙な明かりが、地面から生えた植物や低木を照らしている。ウィリアムはもっとよく見たくて、窓をあけようとした。けれど、窓は凍りついていてびくともしない。

「コン……コン……**コン！**」

ウィリアムはびくっとして、机から飛び降りた。「誰なの？」

「**コン……コン……コン！**」ドアはますます声を張りあげた。「うるさくて悪いね。ノックの強さに応じて、音量を調節するようプログラムされてるもんだから。このノックは、ハリエットだな。せっかちで、いつも力いっぱいノックするから、ハリエットが来たあとはしばらく頭痛がするんだよ。またノックされる前に、ドアをあけてくれないか」

ウィリアムは駆け寄ってドアをあけた。そこには、灰色のスカートにラベンダー色のブラウスを着て眼鏡をかけた、バラ色の頰をした背の低い女性が立っていた。横幅のある体型で、灰色のファイルを小わきに抱えている。ハイヒールを履いた足を落ち着きなく動かしながら、手をふってウィリアムに合図する。

「遅刻よ。急いで！」そう言うと、背を向けて廊下をさっさと歩きだす。

「行きなよ。彼女は待ってくれないぞ」ドアが言った。ウィリアムは靴を履き、廊下に飛びだした。

「さあ、早く。ぐずぐずしてる暇はないのよ！」女の人はもう廊下の端までたどり着いていて、ウィリアムは走らないと追いつけない。

「わたしはハリエット、あなたにはこれからベンジャミン・スラッパートンのもとでオリエンテーションを受けてもらいます。彼にはもう会った？」

ウィリアムは首をふった。「ううん、名前だけはきいてるけど」

「彼はちょっと変わり者よ」ハリエットはそう言って、眼鏡の上からのぞきこむようにウィリアムを一瞥した。「とにかく、行きましょう。時間がないわ」

角を曲がり、石造りのせまい階段を降りていく。ハリエットの短い脚はドラムスティックみたいにすばやく動き、ウィリアムはついていくのもやっとだった。

階段の下まで降りると、ハリエットはオーク材の重々しい扉をひらき、建物の裏手に出た。晴れわたった空から朝日が照らし、鳥のさえずりがきこえる。ハリエットは歩調をゆるめることなく、ウィリアムが部屋からながめていた雪でおおわれた公園をずんずんつっきっていく。すべりやすい道をすいすい進むハイヒールに目をやり、どうして転ばず歩けるんだろうと不思議に思った。

そのとき、あの謎めいた温室が見えた。まるで山みたいにそびえ立っている。錬鉄製の両開き扉の上に、大きな案内板が吊るされている。

サイバネティックス・ガーデン
植物に餌を与えないこと！（レベル3）

「あれは？」ウィリアムはたずねた。

ハリエットはウィリアムにちらりと目を向けた。「じきにわかるわ」

「でも、〝レベル3〟ってどういう意味？」

「あなたがあそこに入るには、しばらく時間がかかるという意味よ」ハリエットはさらに歩調を速める。「そのほうがいいのかも。あそこは恐ろしい場所だから」

急ぎ足で歩きながら、ウィリアムは案内板のことを考えていた。〝サイバネティックス〟の意味なら、おじいちゃんの本に出てきたから知っている。先端技術の学問だ。たとえばロボットを組み立てるときに応用する。ウィリアムは巨大な温室の中の植物を見やった。植物園がサイバネティックスだということは、なんらかの形で人工的だということだ。

もっとよく見てみたいけど、まだおあずけだ。いまは力強い足取りで先を歩くハリエットについていくだけで、せいいっぱいだった。

「早く。のんびりしてる時間はないんだから」ハリエットは雪の上を小走りで進んでいく。

ウィリアムはあわててあとを追ったけれど、どこからともなく雪玉が飛んできてハリエットの後頭部を直撃するのを見て、立ち止まった。ハリエットは悲鳴をあげ、さっとふり返る。

「いったいなんのまね？」そう怒鳴って、首から雪をはらい落としながらウィリアムをにらみつけている。

「ぼくじゃない」ウィリアムはびくびくして言った。

「ばかなことを、あなたに決まって――」ハリエットは言いかけたものの、つぎの雪玉に邪魔をされた。顔に雪玉をもろに受けて、大きな眼鏡が鼻から吹っ飛んで雪の上に落ちる。

雪玉が飛んできたほうをふり向くと、ちょっとはなれたところで雪のお城の後ろに立っている二体のロボットが見えた。

「いつかあんたたちをスクラップにしてやるからね！」ハリエットはわめき散らし、眼鏡についた雪を吹き払った。

ロボットたちはそんな脅しを気にもかけていないようだ。大きいほうのロボットは、新たな雪玉をつくりはじめた。

「急いで！　遅刻よ」ハリエットはウィリアムに向かってさけんだ。

第十五章　オーブ

ハリエットとウィリアムは、銅板のドーム屋根でおおわれた石造りの建物の前で足を止めた。本館に比べると、この建物のほうがずっと古びている。金文字で〈オーブアトリウム〉と書かれたプレートの吊されているドアが、ちょうどそのときひらいた。白衣を着た男の人が、ぼーっとした顔をのぞかせた。髪の毛はボサボサだ。

「おはようございます、ベンジャミン。ウィリアム・ウェントンをオリエンテーションに連れてきましたよ」ハリエットはウィリアムのほうにあごをしゃくってみせる。ベンジャミン・スラッパートンはまぶしい日射しをよけようと、目の上に両手をかざした。しばらくのあいだ、細くすぼめた目でウィリアムを見つめている。

「ウィリアム・ウェントン？」スラッパートン先生はようやく口をひらくと、前のめりになり、ウィリアムのジャンパーをつかんで戸口から引き入れた。ハリエットの顔の前で、ドアをバタンと閉める。外でハリエットがぶつぶつ言っているのがきこえた。

「うっとうしい女だ」スラッパートン先生はウィリアムを見ながら言った。「そう思わんか?」

ウィリアムはもじもじしている。「さっき会ったばかりなんで」

「そうか、だろうな。ハリエットという人間をよく知る前に、嫌いになるはずだ」スラッパートン先生は、緑色の大きな黒板の前の椅子を示した。「かけたまえ」

ウィリアムは腰をおろし、室内を見まわした。丸い部屋に高いドーム屋根の天井。壁沿いには、様々な形状の機械装置で埋めつくされた背の高い棚が並んでいる。真鍮製の大きな蒸気機関が片隅に置かれ、機械仕掛けの鷲が天井から吊されている。ウィリアムは興奮してぶるっと身をふるわせた。ここにあるのはただの機械じゃないと、心の奥でわかっている。この部屋は、おじいちゃんの本に出てきたような、機械と連動する暗号だらけだ。まさか現実に見られるなんて、思いもしなかった。

「きみはどこにでもいそうな少年に見えるが」スラッパートン先生は新しい生徒であるウィリアムを評価して言う。「いたって平凡に見える少年が、インポッシブル・パズルのような比類ない暗号を解いてみせるとはな!」

スラッパートン先生は黒い口ひげをぼりぼり掻いた。と、つぎの瞬間、口ひげがぴょこんと肩に飛び降りた。「こら、もどってこい!」スラッパートン先生はつかまえようとしたが、口ひげは白衣を駆けおりて、机の上に飛び乗ると、ごちゃごちゃ散らかった物のあいだをジグザグに進んでいく。スラッパートン先生はからっぽのコーヒーカップを逆さまにして、やんちゃな口ひげにかぶせてつかまえた。

「つかまえたぞ！」とさけび、もがいている口ひげを掲げてウィリアムに見せる。

「どうかな？　私がつくったんだ」スラッパートン先生は得意げだ。

ウィリアムはとまどっている。「それ、なんですか？」

「機械仕掛けの口ひげだよ。ちょっとした雑用や使い走りをしてくれるんだ。行儀よくしていてくれれば役に立つんだが、たまに少し機嫌が悪くなることがあってね」

スラッパートン先生は鼻の下に口ひげをつけ直した。

「ところで、どこへやったかな……えーと……？　確か、あれは……」スラッパートン先生は机の上をごそごそ引っかきまわしている。「ここに置いたはずなんだ。おお、あったあった」

スラッパートン先生は筒状のものを手に取り、差しだした。それがなんなのか、ウィリアムはひと目見た瞬間にわかった。「前にも見たことがあるだろう。インポッシブル・パズルだ」

「はい」ウィリアムは頬を紅潮させた。「どうやって手に入れたんですか？」

「私がつくったんだ」スラッパートン先生は誇らしそうにほほえんでいる。

ウィリアムは背すじをぴんと伸ばした。「でも……」いくつもの思いが頭にあふれかえっている。「博物館に展示することを企画したのは、先生なんですか？」

「ああ、あれか……そうだよ」

「でも、なんで？」

「決まってるだろう、きみを見つけるためだ」スラッパートン先生は金属製の筒をながめながら答えた。「われわれにはきみの居場所がさっぱりわからなかった。そこでこのパズルを世界ツアーに送りだしたというわけだ。きみはおじいちゃんから多くを受け継いでいるから、じっとしてはいられないだろうとわかっていた。見つけだすまでには、思いのほか時間がかかったがね。ノルウェーだって？　まさかそんなところにいたとはな。なんにしろ、結局きみは餌に食いついた」

ウィリアムは不安になってきた。ぼくらが研究所の人々に見つかることをおじいちゃんが望んでいなかったのなら、ここに来てしまったのはまずかったのかもしれない。

「きみが何を考えているのか、わかってるよ。なぜおじいちゃんは、われわれにきみを見つけださせたくなかったのか」

ウィリアムはスラッパートン先生を見あげて、うなずいた。

「トバイアスは失踪する前、いささか神経質におびえていたんだ。きみたちが事故にあってからは、なおさら。少しの危険も冒したくなくて、家族を遠くに行かせた。それがノルウェーだったわけだが」

「でも、なんで研究所側はぼくをここに連れてきたかったんですか？」

「ここにいるほうが安全だというのが、最大の理由だ」スラッパートン先生は咳ばらいをして、さらに言い足す。「それと、彼をさがしだすため、きみに協力してもらえるんじゃないかと思ってね」

「おじいちゃんを？」

「そうだ」スラッパートン先生はインポッシブル・パズルを机に置いた。そして上着のポケットから何かを取りだして、ウィリアムに見えるよう差しだす。りんごぐらいの大きさの金属でできた球体で、表面が奇妙なシンボルで埋めつくされている。

「候補生はみんなひとつずつ持っているんだ」スラッパートン先生はウィリアムに球体を手わたした。冷たくて重みがある。見た目よりずっと重い。

候、候補生――まただ。ウィリアムは問いかけるようなまなざしを向けた。

「悪かった。きみはまだこの研究所のことをあまり知らないんだったな。候補生というのは、次世代の暗号解読者で――暗号使用者の見習いだ。特別な才能の持ち主ばかりで、われわれはこの研究所で候補生の才能を伸ばそうとしている。ほかの候補生たちも、きみを見つけだしたのと同じような方法でさがしあてている――もちろん、あれほどドラマチックな状況ではないが」

「つまり、ほかの候補生たちも競争を勝ちぬいたってことですか？」

「そういうことだ。現在、ここにはきみのほかに六人の候補生がいる。人数は都度変わるが、そこまで増えることはない。なんといっても、並はずれた才能の持ち主だからね。そうそう見つかるもんじゃない。明日には彼らに会えるよ。今日のところは、じっくり時間をかけて、きみの〈オーブ〉に慣れるといい」スラッパートン先生は、ウィリアムの手におさまっている球体を示した。

「ぼくのオーブ？　これって――イテッ！」細い針がちくりと手を刺して、瞬時にまた球体の中に引っこむのが見えた。

「何も心配することはないよ。そいつはきみが正しい相手か確認しているだけだ」

「正しい相手？」

「オーブは特定の相手が決まっているんだ。研究所に到着したとき、血液と毛髪のサンプルを採取されただろう?」

　ウィリアムはうなずいた。

「このオーブは、きみ専用にプログラムされている。きみの遺伝コードが記憶されているから、きみだけがそのオーブを使うことができるんだ。大丈夫、手に取るたびにチクッと刺されるわけじゃないからね」スラッパートン先生はいたずらっぽくほほえんでいる。「オーブを解いて最初のレベルに到達したら、全身スキャンがおこなわれるから、そいつはきみのことがひと目で認識できるようになる」

「ひと目で?」

「ああ。ひと目で。オーブは鍵だが、昔ながらのよくある鍵とはちがう。レベルが10まである機械仕掛けのパズルだ。解いてレベルが上がるたびに、新たな特性が加わっていく。それに、研究所内の新たな場所に出入りできるようにもなる。そういうわけで、所有者以外が他人のオーブを使えるなんてことがあってはならないんだ」スラッパートン先生は説明した。

　ウィリアムは、サイバネティックス・ガーデンのプレートに書かれていた内容を思いだした。

「じゃあ、レベル3に到達しないと、あそこにある大きな温室には入れないってことですか?」

「そのとおり。だが、あせらないことだ。最初のレベルに到達するのに、普通は二、三週間かかるからな」

ウィリアムはオーブを見おろした。インポッシブル・パズルと同じで、ひねったり回転させたりできる異なる部品が組み合わさっている。小さなディスプレイ画面には、青く光る0の数字が点滅している。

「つまり、ぼくは候補生なんですか？」ウィリアムはたずねた。

「候補生になりたいかね？」

ウィリアムは思わず笑顔になった。こんなの夢みたいだ。「はい」

「じつに結構！」スラッパートン先生は手を叩いた。けれど時計を見たとたん、急にあたふたとあわてだす。「ところで、私はもう行かないと。きみはここでオーブをあれこれいじってみたまえ。帰り道はわかるね。出ていくときは、ドアだけ閉めてくれればいい。ちゃんと閉めたら、自動で施錠される仕組みになってるからな」スラッパートン先生は書類の山をかき集め、大急ぎで飛びだしていった。

ウィリアムは椅子に座ったままだ。目を閉じて、こわごわ両手でオーブを握りしめる。たちまち、お腹の中にいつものように、ざわざわする感覚がわきあがってきた。熱っぽさが背すじを駆けあがり、両腕へと広がっていく。いま存在しているのは、自分とオーブだけだ。ウィリアムはふたたび目をひらいた。

表面に刻まれたシンボルが輝きはじめていた。まるで解きはなたれたみたいに、オーブから浮かびあがっている。シンボルの中には小さくなったものもあれば、大きくなって色とりどりにまぶしく輝いているものもある。ふいに、そこにあるパターンが見えた。ウィリアムの指が動きだし、オーブを組み合わせている小さな部品をひねったり回転させたりしていく。

すると、オーブは振動しはじめた。

振動は次第にはげしくなり、手の中でばらばらになってしまいそうだった。ウィリアムはオーブから手をはなし、目を丸くした。オーブは落下することなく、そのまま宙に浮かんでいる。金属製の球体をまじまじ見つめていると、やがて振動がやみ、オーブの内側からカチッ、カチッ、と音がした。オーブはあたりを見まわしているみたいに、ひとりでに回転している。

と、金属にあいた小さな穴から青い光が放射された。光線はウィリアムを照らし、青く輝く光の点がおでこに狙いを定めたかと思うと、電光石火のスピードで行ったり来たりしはじめた。ぼくをスキャンしているんだろうか？

光はどんどんスピードをあげて、ウィリアムの体を上から下までぐるぐる照らしていき、やがてひとつの形を取りはじめた。自分自身の姿が目の前に現れるのを見て、ウィリアムは一歩あとずさりして息を飲んだ。まるで青いレーザー光線がつくりあげたホログラムの複製だ。

つぎの瞬間、ホログラムは縮み、現れたときと同じくあっという間に、光とともにオーブの中に消えてしまった。ビーッという電子音を何度か発したあと、オーブはこっちへ勢いよく飛んできた。ウィリアムの前でぴたりと止まると、何かを待っているみたいにじっと浮かんだままでいる。どうすればいいのかわからず、ウィリアムが何もせずにいると、オーブはさらに近づいてきて――胸を二、三度つっつき――またさがった。

「ぼくに持ってほしいの？」ウィリアムはささやいた。

オーブの下に手を差しだすと、落ちてきて手のひらにすっぽりおさまった。オーブを手に包みこみながら、小さなディスプレイ画面の数字が0から1に変わって光っていることに気づいた。

ウィリアムはにんまりした。レベル1に到達したんだ。手の中のオーブをためつすがめつする。サイバネティックス・ガーデンに入れるよう、あとふたつレベルアップできるだろうか？

あの温室の中をのぞいてみたくて、うずうずしていた。

第十六章

サイバネティックス・ガーデン

一時間後、ウィリアムはオーブを手に持ったままだ。小さなディスプレイ画面には、いまでは3の数字が点滅している。レベルが上がるごとに、だんだん解読するのが難しくなっていった。レベル2になると、オーブはビーチボールぐらいの大きさになった。レベル3に到達したときは、オーブはビー玉ほどのサイズに縮んだ。それでもウィリアムはやりとげて、いまこうしてサイバネティックス・ガーデンの扉の前に立っている。

ひんやりする錬鉄製の扉を引いてひらこうとしたけれど、施錠されている。「どうやら、おまえの出番だぞ」ウィリアムは小さなオーブを掲げて言った。

でも、具体的にどうすればいいんだろう？　スラッパートン先生はなんて言ってたっけ――オーブは鍵の役割を果たす。ウィリアムは扉をまじまじながめた。オーブが鍵なら、どこかに鍵穴があるはずだ。

そのとき、扉に丸いくぼみがあるのを目に留めた。中をのぞきこむと、小さなオーブの絵と数字の3が彫刻されている。

オーブを持ちあげ、くぼみの前にかざす。何も起こらない。

もう少し近づけてみる。とつぜん、オーブは手から飛びだし、大きな音を立ててくぼみにはまった。

オーブが回転しはじめたかと思うと、いつしか扉はひらいていた。

「サイバネティックス・ガーデンへようこそ」一本調子の声がきこえてきた。「安全上の理由により、しるしのついた道からそれず、決して植物に餌を与えないでください。どうぞ見学をお楽しみください」

「どうも」ウィリアムはお礼を言い、オーブをポケットにしまった。

植物園は広大で、背の高いヤシの木や青々と葉を茂らせた木々が、見わたすかぎりどこまでも広がっている。ウィリアムは上を向いた。天井まで低くても百メートルはあるはずだ。大きな鳥が頭上を旋回している。まるでジャングルにいるみたいだ——暑くて、圧倒されて、ちょっとばかり気味が悪い。

砂利道が向こうの林の中へと通じている。ウィリアムは道をたどって歩きはじめた。小さな木立を通り過ぎると、道沿いに大きな檻が並んだ公園のようなところに出た。檻のひとつの前で足を止め、中に入っている緑色の植物をながめる。どう見てもありふれたサボテンだ。真鍮製の小さなプレートに〝ファーレウス・イクトゥス〟とある。

「ファーレウス・イクトゥス……」ウィリアムはつぶやき、さらに顔を近づけた。ラテン語で〝ファーレウス〟は〝鉄〟で、〝イクトゥス〟は〝嚙む〟という意味がある。嚙みつく鉄。サボテンにしてはおかしな名前だ。でも、サボテンにこんな名前をつけたからには、それなりの理由があるはずだ。ウィリアムがあとずさりするのと同時に、サボテンは突進してきた。あけた口の中いっぱいに、鋭い鉄の歯が見える。

「わあっ！」ウィリアムは声をあげた。獲物を相手にしているみたいに檻に襲いかかるサボテンの様子を、しばらく観察する。やがてサボテンは攻撃をやめ、ウィリアムに向かってシーッという音を立てる。

「人工頭脳のサボテンロボットか。かっこいいな」

ウィリアムはほかの檻ものぞいていった。やっぱりそうだ――どの植物もちょっと変わっている。ちらほらと光を点滅させている植物まである。植物園のさらに奥へと移動し、歩きながら植物の名前を読んでいく。〝有毒野菜〟、〝永遠の美〟、〝殺人植物〟、〝地獄の悪魔〟。

二本の木のあいだに垂れている巨大な蔓植物のそばで立ち止まった。緑色の大きな蜘蛛の巣みたいだ。蔓植物は風に吹かれているみたいに、ゆっくりゆらゆら揺れている。風なんか少しも吹いていないのに。ウィリアムはプレートに記された名前を確認した。〝ウィリディス・ポリプス〟。

「緑色の蛸か」

何かが起きるのを期待するように、二、三歩さがって蔓植物をながめた。と、にわかに耳をつんざくような鋭い鳴き声が頭上からきこえ、見あげると巨大な鳥がこっちに急降下してきている。

ウィリアムが地面に身を伏せようとした瞬間、植物の蔓が空中にさっと伸びて巨大な鳥をつかまえ、十本の太い巻きひげを絡ませた。鳥は鳴き声をあげて大きな翼をばたつかせたけれど、がっちり締めつけられている。ウィリアムはよろよろあとずさりながらも、鳥から目がはなせずにいた。鳥がどんなに身をもがいても、食い意地の張った植物からのがれることはできない。緑色の蛸のような植物は、必死に抵抗する鳥を、黒い洞穴みたいな口の中に詰めこんだ。そして、噛みくだいて飲みこんでしまうと、大きな音を立ててゲップして、羽根と金属製の骨の破片を地面に吐きだした。

そろそろここを出たほうがよさそうだ。

あたりを見まわし、出口をさがす。色々な植物に夢中になるあまり、どっちの方角から来たのか確かめておくのをすっかり忘れていた。どうにか思いだそうとして、歩きだす。いまではどの植物も、かみそりのように鋭い歯をむきだして、金属製の飢えた口で噛みつこうとしているんじゃないかという気がする。

ウィリアムは歩調を速めた。

背の高いヒマワリがこっちを向いてうなった。ウィリアムはわきに飛びのき、よろめいた拍子に、砂利道と広々した芝生をへだてている低い柵にぶつかった。「**芝生は立ち入り禁止！**」と黒い文字で書かれた看板が立っているけれど、芝生の向こう側には入ってくるときに通ったあの錬鉄製の扉が見えている。ウィリアムは柵を乗りこえ、駆けだした。

自分が前に進んでいないことに、すぐには気づかなかった。さらに速く走っても、やっぱり進まない。見おろすと、足元に生えている草が後ろ向きに進んでいるのがわかった。草は一枚のこらず、ウィリアムが進みたいのとは逆方向に進んでいる。

ウィリアムは足を止めた。

パニックになりかけている。これはただの草じゃない。反対を向き、また柵のほうへもどろうと、そろりそろりと歩きだす。ところが草はその逆方向に動き、ウィリアムは同じ場所に押しとどめられて動けない。どうすることもできず、周囲をきょろきょろ見まわした。

とつぜん足がすべり、地面に思いきり叩きつけられて、息もできなくなる。倒れたままゼイゼイあえぎ、立ちあがろうとしたけれど、どんなにもがいても、手足が横のほうにすべっていってしまう。

すると、草はひとつの方向に向かって動きはじめた。まるで無数の小さな蟻に体を運ばれていくようだ。芝生の中央に、恐ろしい鋼の歯に縁取られた穴があいていることに、ハッと気づく。喉を鳴らすような音と水をはね散らすような音がきこえ、黒い穴の中からひどい悪臭がただよってくる。

「**助けて！**」ウィリアムは声のかぎりにさけんだ。

恐怖におののきながら、ぽっかりあいた口のほうへとどんどん引き寄せられていく。目をつぶり、両手で顔をおおった。ほんの数秒で、あの鋼の歯に……

すると、草の動きがぴたりと止まった。

ぼくは死んだのかな？　怖くて目をあけられない。草がまた動きだすのを覚悟して待っている。

「スイッチを切りたかったら、そう言えばいいのに！」と、大きな声がきこえた。

ウィリアムが目をあけてみると、ぽっかりあいた穴のすぐ手前まで来ていた。鋼の歯にズボンが引っかかっている。はずすとき、ズボンの生地が破れた。ふるえながら立ちあがると、柵の向こう側の道に誰かが立っているのが見えた。女の子だ。黒髪を長い一本の三つ編みにして、片方の肩から垂らしている。両手に山のように本を抱えている。

「マシンはどれもオフスイッチがあるの。今度食べられそうになったときは、スイッチをさがすことね」女の子は真顔で言い、オン／オフと書かれた制御盤の大きな赤いボタンを指し示している。

ウィリアムはおずおずと笑みを浮かべた。「ありがとう」

女の子は歩き去ろうとしている。

「待って！」ウィリアムは呼びかけ、走って追いかけた。

女の子は足を止め、ウィリアムのほうに頭をかたむけた。

ウィリアムは低い柵を飛びこえたとき、足を引っかけてあやうく転びかけた。二、三歩よろよろ進んだあとで、どうにか体勢を立て直す。

「助かったよ、あの……」芝生にあいた穴をちらりとふり返りながら言いかけた。

「キビ・トリトル」女の子は皮肉っぽい口調で言った。

ウィリアムは問いかけるような顔で女の子を見ている。

「食物粉砕器って意味。独創性のかけらもない名前だよね。でもまあ、このつまんないマシンたちに独創性なんてほとんど期待できないし」女の子は周りを取り囲んでいる植物たちを蔑むような目で見ている。

「きみの名前は？」ウィリアムはたずねた。

「イスキア」女の子はそっけない口調で答える。

「イタリアのナポリ湾に浮かぶ島と同じ？」

イスキアはうなずいた。「綴りはちょっとちがうけど」

「なんで島にちなんで名付けられたの？」ウィリアムは質問を続けた。なぜかわからないけど、この女の子のことがもっと知りたかった。

イスキアは一瞬、地面に視線を落とした。「両親があの島で結婚したから」そう答えると、また目をあげてウィリアムを見る。

「いいね」まだまだイスキアのことがききたかったけど、我慢することにした。

「ここにあるものはなんなの？」温室の中をぐるっと示しながら質問する。

「実験に決まってるでしょ。研究所にいっぱいあるほかのロボットや装置と同じ」

「きみはロボットがあまり好きじゃなさそうだね。きみも候補生のひとり？」

「質問ばっかり。ところで、どうやってここに入ったの？」イスキアはたずねた。

「これを使ったんだ」ウィリアムはポケットからオーブを取りだした。

「それを使った？」

「うん」

「いつオーブを手に入れたの？」

「今日だよ」

「まさか、もうレベル3まで到達したっていうの!?」

ウィリアムは赤くなって目を伏せた。

「とにかく、あんたはここに来る理由なんてないでしょ。ここにいるのは、いつもはあたしだけなんだから」

イスキアはぴしゃりと言うと、背を向けてずんずん歩きだした。うなりをあげているふたつのバラの茂みの向こうに消えるまで、ウィリアムはその後ろ姿を見送った。

第十七章

候補生

つぎの日の朝、ウィリアムはベッドから飛び降りると、冷たい床の上を歩いていった。昨日みたいにおいしい朝食が置かれているのを期待してドアをあけたのに、そこには茶色い紙包みがあるだけで、がっかりしてしまう。

「何をぐずぐずしてるんだ？　あけてみなよ。今日は大事な日だぞ」とドアが言う。

ウィリアムは紙包みを手に取ると、その感触が柔らかいことにますますがっかりした。ベッドへ向かい、腰をおろす。かたい結び目の下に、手書きのカードがはさまれている。カードを取りだし、文面を読む。「午前七時きっかりに食堂に来ること」

急にわくわくしてきた。ついにほかの候補生たちに会えるんだ。イスキアにもまた会える。

紙包みを破ってあけて、中身を確かめた。

洋服の山だ。

立ちあがり、一枚ずつベッドに並べていく。灰色のツイードのジャケット、ライトグリーンのシャツ、紫色のネクタイ、ダークブルーのズボン、黒い靴。

その少しあと、ウィリアムは鏡の前に立ち、そこに映る自分の姿をながめていた。ジャケットはちょっと大きい。ズボンはちょっと長いかもしれない。

なんかちがう。きちんとしすぎてる。

髪の毛をくしゃくしゃと乱した。それでもだめだ。

シャツのいちばん上のボタンをはずし、ほんのちょっとネクタイをゆるめてみる。まったく効果なし。

ジャケットの胸ポケットに縫いつけられた革の布きれに目を落とす。もっとよく見ようと、鏡に近づいた。オーブの絵柄だ。ベッドわきのテーブルからオーブを取り、ポケットにすべりこませる。ぴったりだ。

「がんばれよ、ウィリアム」部屋を出ていくとき、ドアに声をかけられた。

階段へ向かう途中で、ハッと足を止めてふり返った。廊下の奥に掃除用具のワゴンがあり、そのとなりにおばあさんが立っている。おばあさんはウィリアムに気づいた様子もなく、ただこっちを見ている。その肩にはハチドリがとまっている。ウィリアムは会釈すると、背を向けてまた歩きだした。階段を降りる前にもう一度だけ後ろをちらりと見たけれど、おばあさんはいなくなっていた。

ウィリアムは広い食堂の戸口で立ち止まった。百人以上は集まっている。ほとんどが大人だ。白衣姿の人がちらほらいて、あとの人はスーツを着ている。さまざまなロボットが、丸テーブルのあいだをせわしなく行き来していた。すごいスピードで給仕したりお皿をさげたりしている。

「ウィリアム・ウェントン？」と声がした。

ふり向くと、長身で細身の黒いスーツ姿のロボットが、四つの車輪を回転させて近づいてくるのが見えた。

「はい」

「こちらへ」ロボットは食堂の中を進んでいく。

ウィリアムはテーブルのあいだをぬって、ロボットのあとをついていく。何人かの大人がお皿から顔をあげて、うなずいてみせた。ウィリアムも会釈を返した。でも、ほとんどの人は食事に夢中で気づかない。

「ウィリアム」背後から呼びかけられた。

さっとふり返ると、スラッパートン先生がテーブルにひとりで座っていた。

先生は手をふり、笑顔で言った。「朝食のあとで、また。そのとき話をしよう」

ウィリアムは小さくうなずき、給仕ボットのあとを追った。

「こちらです。どうぞおかけください」ロボットが細い腕で示したテーブルには、イスキアのほか三人の男子とふたりの女子が座っていた。六対の目が、お皿からウィリアムへ向けられる。

みんなウィリアムと同じ制服を着ていて、年齢も同じぐらいに見える。特別に頭がよさそうな感じでもない……というより、いたって普通に見える。ノルウェーの学校の同級生たちと、どこもちがわない。

ウィリアムが腰をおろすとき、イスキアはこっちをちらっと見たけれど、またすぐ食事を続けた。

昨日のことを怒っているんだろうか？　ぼくが同じレベルだから？　それとも、イスキアの芝生に立ち入って邪魔したから？　ウィリアムは首をふった。これ以上、よけいな心配事を増やすのはやめよう――イスキアがあの植物園をひとりじめしたいなら、好きにすればいい。

第十八章

はじめての授業

「まったく、ツイてないな」スラッパートン先生はぼやいた。「動きやしないぞ」先生は脚立にのぼり、ホワイトボードの上に吊された巻き上げ式の映写幕を指示棒でぴしゃぴしゃ叩いている。

生徒たちは――つまり候補生たちのことだが――、もう着席していて、イライラしながらスラッパートン先生を見ている。先生は脚立の上にまっすぐに立ち、あぶなっかしく体をぐらぐらさせた。それから映写幕の取っ手をぐいっと引くと、いきなり幕はするりとおりた。脚立が傾き、先生は幕を引きおろしながら仰向けに倒れて、机の上に背中から落っこちた。先生は勝ち誇ったように笑いながら、ぱっと起きあがる。

「ほらな？　あきらめなければ、どんなことだってできるんだ！」スラッパートン先生は机から飛びおりた。

「みんな、今日はちょっと特別な日だぞ。新しい候補生が仲間に加わることになった。ウィリアム・ウェントンを歓迎しよう」先生はウィリアムを示し、ほほえんだ。「ウィリアムは、ノルウェーからはるばる来たんだ」

「ノルウェーだって？」男子のひとりがさけぶ。笑い声があがった。

「オーブは持っているかね？」先生はほかの候補生を無視して、話を続けている。

ウィリアムはうなずいた。

「昨日のうちに、少しは解けたかな？」

ウィリアムはためらった。ほかの候補生たちをちらりと見やり、何も言わずにおく。

「無理もないさ。たいていの生徒は、最初のレベルに到達するまでが、いちばん苦労するんだ」

ウィリアムはあいまいにうなずいた。

「その子、レベル3ですよ」教室の後ろのほうから、そっけない声がきこえてきた。ウィリアムは肩越しにふり返った。イスキアだ。

少人数のクラス全体がハッと息を飲む。スラッパートン先生はゲホゲホと咳きこみはじめた。

「レベル3だって？」咳ばらいをして、先生はくり返す。「オーブを見せてくれ！」

ウィリアムは胸ポケットからオーブを取りだし、差しだした。先生は引ったくるようにしてつかみ取り、教壇につかつかともどっていく。みんなに背を向けたかっこうで、ブツブツ言いながらオーブをひねり回し、頭をぼりぼり掻いている。ずいぶん長いことそんな状態が続いたあとで、先生はふり返り、細くした目でウィリアムを凝視した。これはただじゃすまないはずだ、とウィリアムは思った。ぼくは何か規則を破ってしまって、オーブを取りあげられるか、クラスから叩きだされるんだ。

「どうやってこんな……?」スラッパートン先生はディスプレイ画面の3という数字を示している。

ウィリアムは返事をしなかった。

先生はほかの候補生たちを見わたした。

「この中でレベル3に到達している者は?」先生はウィリアムのオーブを掲げて、問いかける。

誰も答えない。

「いないのか?」もう一度問いかけると、イスキアが手をあげた。

「ほかには? フレディは?」先生は背の高い茶色い巻き毛の少年を指さした。フレディは首をふり、意地悪な顔でウィリアムをにらみつける。

「おそれいったよ、ウィリアム」スラッパートン先生はオーブを返しながら言う。

ウィリアムは急いでオーブをポケットにしまいこんだ。

「この研究所には、おおぜいの才能ある候補生を迎え入れてきた。それにしても、これは……」先生は話を続けながら、ポケットから白いリモコンを取りだした。そのまま少しのあいだ、ウィリアムのことをじっと見つめていたけれど、やがて気を取り直して授業をはじめた。

「今日の授業もテクノロジーの歴史について、さらにくわしく学ぶことにしよう。どこまで進んでいたかな？」

ウィリアムがキョロキョロしていると、フレディがにらみつけてきた。

「古代エジプトの電池についてです」とイスキアが発言した。

「ああ、そうだった、古代エジプトの電池だ。それと、電流を通していた四千五百年前のランプについて」先生はリモコンを映写幕に向けた。

「当時の電池はこういうものだった」土器の壺が映写される。「これらは現代の電池と同じ構造をしている。非常に単純なものだ」

スラッパートン先生はリモコンをもう一度押した。土器の壺は消え、代わりにかごに入ったジャガイモが映しだされる。

「電球をひとつ点けるのに、何個のジャガイモが必要かな？　おっと、これは〝ひとつの電球を取り替えるのに、何人が必要か〟っていう、おきまりのジョークとは関係ないぞ」先生はにやりとしてつけ加えた。

イスキアが手をあげた。

「ほかにわかる者は？」

「ひとつです」ウィリアムは答えた。

イスキアがむっとした顔でこっちを見た。

「正解。ジャガイモ一個に、電球をひとつ点けるのにじゅうぶんな電力がある」先生は言った。

ウィリアムはおじいちゃんの本の中で、こういうジャガイモランプを見たことがあった。スラッパートン先生はリモコンをポケットにしまうと、机の向こうに回った。ふたつの箱を持ちあげる。ひと箱はジャガイモでいっぱいで、もうひと箱には電球と針金が入っている。

「じゃあ、実際にうまくいくのかやってみよう。電球を点けるのに必要だと思うものを取りにきなさい」

先生がそう言ったとたんに、生徒たちは椅子をガタガタいわせて立ちあがり、前に出ていく。ウィリアムは並ぶのが最後になったが、ジャガイモ一個と銅線を数本、小さな電球をひとつ取って席にもどった。

ジャガイモを机の上に置き、もう実験に取りかかっている周りの生徒たちに目をやった。誰もまだ電球を点灯させられずにいる。ジャガイモをプラスとマイナスに分けて、銅線を差しこんで電球につなげればいいだけだと、ウィリアムは知っている。すごく単純な仕組みだ。原理を知ってさえいれば。

一、二分後には、ウィリアムは椅子に背中をもたれて、小さなＬＥＤ電球が発する白い光をながめていた。

「お見事だな、ウィリアム」スラッパートン先生の声がした。「もう終わったなら、ほかのみんなを手伝ってあげたらどうだ」

ウィリアムは顔を赤らめた。ほかの生徒に何かを教えるなんて、気が進まない。周りを見ると、何人かににらまれた。思ったとおりだ。もう嫌われ者になっている。

「ウィリアム、ちょっと待ちたまえ」授業が終わり、みんなが出ていこうとしているときに、スラッパートン先生が呼びかけてきた。「少しだけ残ってくれないか？」

ウィリアムが立ち止まると、後ろにいたフレディがぶつかった。

「ごめん」ウィリアムは謝った。

「ノロマなやつ」フレディはブツブツつぶやいた。

「ドアを閉めて、ちょっとこっちへ来なさい」スラッパートン先生はウィリアムから目をはなさずにいる。何か話したいことがあるみたいに。話すべきか話さないべきか迷っているみたいに。

「きみのおじいちゃんのことはよく知っている」先生はついに口をひらいた。

ウィリアムは話の続きを待った。

「彼が姿を消してしまうまで、私たちはいい友だちだった。いっしょに世界じゅうを回って発掘したものだ。きみに話すべきではないのかもしれんが……」先生はためらっている。

「なんですか？」

スラッパートン先生は身を寄せてささやいた。「ルリジウムについて、きいたことがあるかね？」

第十九章

ルリジウム

スラッパートン先生は、試験管がびっしり並んだ棚に近づいた。試験管のひとつに人さし指をつっこみ、二センチほど押しこんでいく。さらにいくつかの試験管で同じことをくり返すと、一歩さがった。すると、小さな金属音がきこえたかと思うと、にわかに棚が半回転し、その奥に暗い通路が現れた。

「来なさい。きみに見せたいものがある」先生はそう言って、暗闇に姿を消した。

通路の天井は、先生がまっすぐ立って歩けるだけの高さだ。

「どこへ行くんですか？」ウィリアムもあとからついていく。

先生はポケットから小さな懐中電灯を取りだし、点灯させた。

「この下だ」通路のつきあたりにあるせまい階段を降りていく。あたりはかび臭く、壁には緑藻が生えていてぬるぬるする。「この研究所は、古い城を土台として建てられているんだ」と先生は説明した。

ウィリアムは身ぶるいした。暗くてせまい通路を歩くなんて、ぞっとする。でも、これでおじいちゃんのことが何かわかるなら、覚悟を決めて進むしかない。

「もうすぐ着くよ」スラッパートン先生は小声で言い、古めかしい扉の前で足を止めた。

扉は重そうな音を立ててひらいた。先生はふり返り、真剣な顔でウィリアムを見た。

「ここで目にしたものについて、誰にも話さないと約束してくれ。これは研究所の重大な知られざる秘密のひとつなんだ」

ウィリアムはうなずいた。

スラッパートン先生は扉に向き直り、中に入った。ウィリアムはためらっている。「きみが中に入ってドアを閉めるまで、明かりを点けるわけにはいかないんだよ」と先生は言った。

ウィリアムは暗闇に足を踏み入れた。重々しい扉が音を立てて閉まり、びくっとする。じっと待っているうちに、不安がわきあがってくる。と、カチッと小さな音がして、天井の電灯がちらつきながら点いた。あたりを見まわすと、そこはレンガ造りのせまい部屋だった。スラッパートン先生は古びた制御盤のようなものの横に立っている。それ以外、部屋には何もない。

先生はウィリアムを手招いた。

体の奥深くに恐怖を覚えた。ぼくはよく知りもしない相手と、研究所の秘密の地下室にいる。

そして、ぼくがここにいることを、誰も知らない。

「見せたいものがあるって言ってましたよね。ぼくのおじいちゃんとどんな関係があるんですか？」ウィリアムの声はふるえている。

「ちょっとあっちを向いててくれ」スラッパートン先生は言った。

言われたとおりにしていると、古びた金属製のボタンが押されて、軋みを立てるのがきこえた。先生はウィリアムのとなりに立った。床から大きな音がとどろきはじめている。

「もう見ていいぞ！」先生は部屋の中央の床を指し示した。

床にはマンホールのふたぐらいの大きさの穴があり、そこから円柱が現れてゆっくり伸びていく。スラッパートン先生の身長と同じぐらいの高さになると、円柱は動きを止めた。

「おどろいただろう？」先生は円柱に近づいていく。ウィリアムもあとに続いた。

石でできた円柱の側面がひらき、その奥に分厚いガラスが現れた。

「最高レベルのセキュリティで、盗難対策は万全だ。それなのに、ここに保管されていたものは、なくなってしまった」

薄霧のようにおぼろな青い光が、ガラスの向こうで脈打っている。ウィリアムはうっとりと見とれてしまった。

「これはなんですか?」

答えは返ってこなかった。先生もまた、分厚いガラスの奥でちらちら明滅している光に魅入られている。

「スラッパートン先生?」ウィリアムがためらいがちに声をかけると、先生はハッとわれに返った。

「ルリジウムだ。あるいは……いや、厳密に言えば……ルリジウムだった、、、。いまはもうない。この光だけが、ここにルリジウムがあったことを証明している」

「放射線みたいなものですか?」

「ある意味では」

スラッパートン先生は、もっとよく見るよう合図した。ウィリアムはガラスの向こうにある容器をじっと見つめた。本当だ——円柱の中はからっぽだ。

「ルリジウムってなんですか?」

「ルリジウムは金属の一種だ」先生は咳ばらいをした。「正確に言うならば、知的金属だな。つまり、意思を持つ金属だ」

「知的金属?」

「原子サイズの微小なコンピューターから成り、プログラムによっていかなる形状も取ることができる。人間の脳でさえも。高性能の液状コンピュータープログラムみたいなものだ」スラッパートン先生はそう言うと、顔を曇らせた。「ルリジウムはこの世で最も危険で最も魅力的なテクノロジーだ。もし、まちがった手にわたったら……」先生は口をつぐみ、うつろな目つきになる。「だが、もっとおどろくべきことがある」

「どういうことですか？」

「ルリジウムは非常に古い物質で、何百万年ものあいだ石と石炭の厚い層の下に埋もれていたが、一八六〇年代初頭にひとつのかたまりが発見された」

ウィリアムはスラッパートン先生の顔を見あげた。「何があったんですか？」

「ロンドンに地下鉄を通すため、トンネルの掘削作業がはじまったんだ。作業員のひとりであるエイブラハム・タリーという男が、最初のトンネルを掘っているときに、ルリジウムのかたまりを偶然掘りあてた」

エイブラハム・タリーだって？　ゴッフマンが言っていた男だ。ぼくを追っている男。

「ルリジウムが発見された直後、恐ろしい事故が起きた。十人の作業員が亡くなったんだ。エイブラハム・タリーは唯一の生存者だった。エイブラハムは病院に運ばれ、昏睡状態が三日間続いた。作業員たちがどうして死んだのか、わかったときには手遅れだった。エイブラハムは病院から忽然と姿を消してしまっていた」

「どういうこと？　作業員はどうして亡くなったんですか？」

「作業員たちは絞め殺されたんだ。エイブラハムに」スラッパートン先生はウィリアムが大きすぎるショックを受けていないか確かめるように、顔を見つめて躊躇している。

「だけど、なんのために？」

「エイブラハムが発見したものを隠すためだよ。ルリジウムはすでに彼の体を乗っ取っていた。そして心も支配していたんだ」

ウィリアムの脳裏にある考えが浮かんだ。「でも……エイブラハム・タリーが百五十年以上も前にルリジウムを発見したんだったら、それってつまり……」

「そう、エイブラハムはすごい年寄りだ。ルリジウムを体内に取りこむことの副作用のひとつだよ。エイブラハムはなんの痕跡も残さずに消えてしまったが、百年後の一九六〇年代にふたたび姿を現した。きみのおじいちゃんと同僚がこの研究所を創設したのは、そのときだ。ルリジウムがまちがった手にわたるのを防ぐことを目的として。彼らはルリジウムがほかにもないかさがしはじめ、発見したわずかばかりのものをこの研究所に、この部屋に隠し、エイブラハムの手にわたらないようにした」

「エイブラハムに？　だけど、彼はどうしてもどってきたんですか？」

「もっとルリジウムを手に入れるためだ。補充する必要があったんだ」スラッパートン先生は答えた。

「いま、エイブラハムはどこにいるんです？」

「わからない。八年前にまた姿を消した。きみのおじいちゃんがいなくなったのと同じころに」

「ノルウェーでぼくの家族を襲撃したのは、エイブラハムなんでしょうか？」ウィリアムは、いまではふるえている。

「そうは思わない。おそらくエイブラハムの協力者のひとりだろう」

「じゃあ、結局エイブラハムはこの研究所からルリジウムを盗みだしたんですね？」ウィリアムはからっぽの容器を指さした。

「盗んだ者は確かにいる――だが、エイブラハムじゃない」

「だったら、誰が盗んだんですか？」ウィリアムはたずねた。

「きみのおじいちゃんだ」

第二十章
敵意

翌朝ウィリアムがようやく食堂に着いたときには、ほかのみんなは朝食をほとんど食べ終えるところだった。お皿を取り、ビュッフェに朝食を取りにいく。候補生たちに会釈してから席に着き、料理をガツガツ食べた。お腹がペコペコだった。

昨日スラッパートン先生にすべてをきいてから、頭が混乱していた。ルリジウム、エイブラハム・タリー、おじいちゃん。とくにおじいちゃんの話だ。おかげでまともに眠れず、まるで頭の中にシロップが詰まっているようだ。何かほかのことを考えようと、周りを見まわした。

イスキアはテーブルの向かい側に座り、フォークで料理をつついている。ウィリアムは目を合わせようとしたけれど、彼女はお皿から目をはなさない。

「おまえのオーブ、見せてみろよ」テーブルの向こう端からしゃがれ声がした。

顔をあげると、フレディが口をあけたまま食べ物をくちゃくちゃ嚙み、こっちをにらみつけている。ウィリアムはゆで卵をひと口かじり、返事をしない。面倒なことになるのはごめんだ。

それでもフレディは引き下がらない。

「新入りがたった一日でレベル3に到達できるはずがないんだよ、ズルでもしなきゃ」

ウィリアムは無視しようとした。食事に集中し、めだたないよう前かがみの姿勢を取る。けれど、この作戦はなんの効果もなかったようだ。フレディはフォークに料理をのせると、後ろにしならせて、ウィリアムに狙いをつけた。ベーコンがひと切れ、ウィリアムのおでこに命中し、ずるずるとひざに落ちた。

「ちょっかいだすのはやめなさいよ」イスキアが顔もあげずにぴしゃりと言う。

「うるせえ」フレディはどら声を張りあげる。

「あたしは静かに食事がしたいだけ」

「だまれって言ってるんだ」

ベチャッと派手な音を立てて、卵の半分がイスキアのこめかみを直撃し、お皿の上に落ちる。

イスキアはこぶしを握って、目を閉じた。ウィリアムがフレディのほうを見ると、今度はフォークにソーセージをのせて、こっちに二度目の狙いを定めている。

ウィリアムは目を伏せて、食事を続けた。

「ビギナーズラックでオーブのレベルをあげたぐらいで、おれたちより優秀なつもりか?」フレディはやじった。

「そこ、静かに！」先生のひとりが怒鳴った。ウィリアムのひたいから冷や汗が噴きだし、血管をアドレナリンが駆けめぐっている。それからしばらくは静かな食事が続いた。もう大丈夫だと思いはじめたとたんに、ウィリアムの鼻にソーセージが命中した。

「あいつにかまっちゃだめ」とイスキアがささやく。「金魚並の集中力しかないんだから、どうせすぐ飽きるって」

顔をあげると、イスキアと目が合った。ウィリアムは力がわいてくるのを感じた。

「だまれって言ってるだろ！」いまやフレディは本気で怒っている。スクランブルエッグのかたまりがイスキアの右目を直撃した。「ここにいる誰ひとり、おまえの話なんかに興味はないんだよ」フレディは声をうわずらせ、またフォークに料理をのせている。

「やめろ」とウィリアムは言った。

「あっれえ、こいつ、口がきけたんだって！」フレディは小ばかにした口調で言う。一瞬、ウィリアムとフレディはにらみ合った。

「よし、じゃあ二時にオープアトリウムの裏に来いよ。ただじゃすまないからな！」フレディはさけぶと、席を立って出ていった。

第二十一章　オーブバトル

二時になり、ウィリアムはオーブアトリウムの裏に立っている。

この建物の裏手はめったに雪かきをしていないらしく、ひざまで雪が積もっている。けれど、ウィリアムは緊張のあまり、寒さも感じないほどだ。こういう状況はほとんど経験したことがない。こんなことになったのは、よく眠れなかったせいかもしれない。それとも、スラッパートン先生の話のせいか。ウィリアムは不安そうにあたりを見まわした。フレディは怖じ気づいたのかも？　じゃなきゃ、すっかり忘れてしまったとか。もうちょっとだけ待ってみることにした。これで少なくとも、ぼくは約束の場所にちゃんと行ったと言える。寒さで手がかじかんでいる。両手を口元にかぶせて、息を吹きかけた。効果はない。手はまだふるえている。

「あれを見ろよ！」フレディのしゃがれ声がとつぜん響いた。「まるで雪の中でおびえてる子ウサギちゃんだ」

ウィリアムがふり返ると、少しはなれたところにフレディとふたりの男子が立っているのが見えた。

「いつでもかかってこい」ウィリアムは口走った。そんなの嘘だけど、ほかに何を言えばいい？

「そうは見えないけどな」フレディはせせら笑った。「オーブバトルなんて、やったこともないんだろ？」オーブを掲げて、にやにやしている。

オ、オ、オーブバトル？　ウィリアムはとまどっている。フレディは何を言ってるんだ？　昔ながらの素手での殴り合いをするんだと思ってたのに。

仲間たちがはなれると、フレディはオーブをしっかり握って、二回転させた。鋭い目つきでウィリアムをにらみ、ちょっと近づいて、足を止める。

ウィリアムはあわてて上着のポケットから自分のオーブを取りだした。心臓がバクバクしている。胸から心臓が飛びだしそうだ。両手が思うように動かない。

前触れもなしに、フレディはウィリアムめがけてオーブを投げつけた。オーブはとてつもないスピードでこっちに向かってくる。

ウィリアムが間一髪で雪の上に身を伏せると、オーブは頭の上すれすれをかすめて飛んでいった。ウィリアムは体を反転させ、警戒しながら立ちあがり、フレディのオーブをさがした。オーブはウィリアムの背後のレンガ塀に衝突することなく、ブーメランのようにぐるっと回って、来た方向へもどっていく。フレディはプロ野球選手みたいに慣れた様子でオーブをキャッチした。ウィリアムがひと息つく間もなく、フレディはふたたびオーブを投げてくる。

またもウィリアムは冷たい雪に飛びこんだ。オーブはフレディの手にもどり、ウィリアムは立ちあがる。ウィリアムは周囲を見まわした。ほかの候補生たちも集まっているけど、イスキアの姿はどこにも見あたらない。みんなは期待をこめてウィリアムに視線を注いでいる。新入りがやっつけられるのを見に来たんだ、とウィリアムは思った。

「何をぼけっとしてるんだ？」フレディがわめく。「手も足も出ないか？　楽勝すぎて面白くもないな」

ウィリアムはオーブをごそごそいじりはじめた。

フレディのオーブが、今度はお腹に命中した。ウィリアムは後ろに吹き飛ばされ、雪の上に勢いよく倒れた。あおむけに倒れたまま、呼吸しようと必死にもがく。肺が燃えるように熱く、衝撃でお腹がずきずきしている。

やばいことになってきた。

ウィリアムはフレディのオーブに目をやった。いま、オーブは体の真上に浮かんでいる。まるでフレディから指示があるのを待っているみたいだ。つぎの瞬間、オーブは猛スピードで落下してきて、ウィリアムの胸を直撃した。あまりにも鋭い痛みに、悲鳴をあげることさえできない。蹴ろうとしたけれど、オーブは足の届かないところへ飛んでいき、持ち主のもとへもどっていった。ウィリアムは胸を押さえ、さすって痛みをやわらげようとした。もう一度でも攻撃されたら、耐えられる自信がない。このままじゃまずい。

ウィリアムは転がって腹ばいになり、まともに呼吸できるようになるまで、深い雪の中でじっと動かずにいた。冷たい雪が胸の苦しさをやわらげ、痛みがひいていくにつれて、落ち着きを取りもどしていく。

目の前に自分のオーブを掲げ、意識を集中する。フレディの笑い声がきこえてきた。

「〝降参〟って言ったら、やめてやるぜ」フレディはさけんだ。「嘘じゃない」

あっさり降参してしまいたい気持ちもあった。凍えるように寒くて、体はまるでゾウの群れに踏みつぶされたみたいだ。顔をあげて、ほかの候補生たちを見た。後ろのほうに立っているひとりの顔に目を留める。イスキアだ。彼女は片手をあげて、指を四本立ててみせた。ウィリアムはその意味を即座に理解した。

力がみなぎり、体内を駆けめぐる。ここであきらめるわけにはいかない。いまは、まだ。

「どうだ？　もうやめるか？」フレディがわめいている。

「いやだ」ウィリアムは食いしばった歯のすきまから押しだすように言い、自分のオーブを見おろした。

「なんだって？」

ウィリアムは返事をしなかった。もう心は決まっている。戦おうともせずに降参するつもりはない。まずはフレディと戦う前に、オーブを解いてレベル４に到達しないと。イスキアが伝えようとしたのは、そのことだ。

ウィリアムは集中した。

いつもの感覚がお腹の中にわき起こり、両腕と頭に広がっていく。そして指が動きだす。空気を切り裂いて、頭上を何かが飛んでいく気配があった。たぶん、またフレディのオーブだろう。そんなことは気にしていられない。いまは自分のオーブだけに集中している。ウィリアムがあちこちひねり回すのに合わせて、オーブはカチカチ音を立てて振動し、やがてディスプレイ画面に４の数字が点灯した。レベル４に到達したのだ。

顔をあげると、ふたたびフレディがオーブを投げつけてくるところだった。ウィリアムは自分のオーブを宙にほうりあげた。まばゆい光が放たれ、ウィリアムの前に透明の壁がつくりあげられる。フレディのオーブは輝くバリアにぶつかって、持ち主のもとへはね返った。

見物していた候補生の集団がハッと息を飲んだ。オーブがお腹に勢いよく当たって、フレディは雪の中にあおむけに倒れた。オーブはフレディの頭上に浮かんでいる。ひとりの男子が助け起こそうとしたけれど、フレディはその手をふりはらった。

「はなせよ」フレディは冷笑しながら立ちあがった。

そのあいだにウィリアムは起きあがり、じっと立って身がまえている。候補生たちの顔が見えた。いままでは表情が変わっている。何がなんだか、理解できていないようだ。ウィリアムはイスキアのほうを見た。

「あぶない！」イスキアがさけんだ。

フレディのオーブがまたこっちに向かってきている。

ウィリアムはさっとかわし、もう一度オーブを空中にほうり投げた。ふたたび光輝くバリアが現れ、ビシッ！　と大きな音を立ててフレディのオーブが衝突する。ただし今度は、オーブははね返らなかった。バリアにめりこんでしまったようだ。ブーンという低いうなりとともに煙をあげて、フレディのオーブは何百という細かい部品に分解され、雪の上に飛び散った。

ウィリアムは頭上に浮かんだままの自分のオーブを見やった。まばゆい光は消えうせている。片手を差しだすと、オーブは手のひらにぽとりと落ちてきた。

顔をあげると、フレディは呆然とこっちを見つめている。

「そ、そ、そんな……？」フレディはつっかえながらつぶやいた。顔が雪に負けじと真っ白になっている。フレディは仲間たちに引っぱられていき、建物の角を曲がって姿を消した。

ウィリアムはイスキアを目でさがした。けれど、彼女はいなくなっていた。

研究所の裏手の広々した空き地に、大きな雪片が舞い落ちてきている。ウィリアムはぶるっと身をふるわせて、その場から立ち去った。小道の両わきには、立派な木々がずらりと並んでそびえ立っている。ウィリアムは手の中のオーブを見おろした。これでレベル４だ。このオーブは、ぼくが助けを求めていることをわかってくれたみたいだった。あるいは、オーブと力を合わせて戦ったみたいだった。この小さな球体にはほかにどんな秘密が隠されているんだろう、と不思議に思いながら、上着のポケットにオーブをしっかりしまいこんだ。

ウィリアムは、はたと立ち止まった。誰かに見られている気がする。顔をあげると、大きな木の下にイスキアが立っているのが見えた。

「ウィリアム」イスキアは手招きしている。

近づいていくと、イスキアは大きな木の幹の後ろに引っこみ、こっちに来るようウィリアムに合図した。雪をかぶった長い枝が垂れていて、ふたりの姿は頭上の建物の窓からは完全に見えなくなっている。

「ありがとう」とイスキアはお礼を言った。

「なんのこと？」ウィリアムはびっくりしてたずねた。

「フレディに思い知らせてやったこと。当然の報いだよ」

「でも、あいつのオーブを壊しちゃったみたいだ」ウィリアムは少しばかり罪悪感を覚えている。

「そんなの、気にすることないってば」イスキアは鼻を鳴らした。「きっと修理できるだろうから。最悪の場合、新しいオーブをもらうことになるけど。そしたら、フレディは最初からやり直すしかないよね――レベル0から」イスキアはいたずらっぽく目を輝かせて、にっこりした。そして、ウィリアムに向かって手を差しだした。「友だちね？」

ウィリアムは宇宙からやってきた生物を見るみたいに、イスキアの手をじっと見つめている。

「友だちね？」イスキアはくり返した。

ウィリアムはイスキアの手を握った。温かい。「友だちだ」そう言って、ウィリアムはほほえんだ。

第二十二章　浮かぶプロジェクター

ウィリアムは丸太にでもなったみたいにひと晩ぐっすり眠り、目覚めたときには、フレディのオーブを壊したことへの罪悪感は消えうせていた。朝食のあいだずっと、フレディはウィリアムを無視していた。毒をもって毒を制すっていうのも、たまにはありだな、とウィリアムは思った。

朝食のあと、今日の時間割をわたされた。一時間目は、メープル先生の宇宙論的問題解決学だ。

〈コズモトリウム〉のオーク材のドアがひらき、ストライプ柄のワンピースを着た猫背のおばあさんが、杖をつきながら足を引きずってよろよろ入ってくる。この研究所で最高齢の先生で、亀みたいに動作がゆっくりだ。ウィリアムは朝食の席でイスキアから話をきいていた。

「席に着いて！」メープル先生はかん高い声で命じた。

先生は、机が置かれている小さな教壇へとのぼる階段の前で、足を止めた。

「無事にのぼれるのかな？」ウィリアムはささやいた。

「まあ、見てなさいよ」背後からイスキアが返事をした。

生徒たちは自分の席に移動して、待っている。メープル先生はしばし立ちつくしていたあとで、ポンと手を叩き、空を飛んで階段をのぼろうとでもいうみたいに両手を広げた。と、天井から二本のロボットアームが、にゅっと降りてきた。親がよちよち歩きの子どもの手を両側からつかんで持ちあげるみたいに、ロボットアームはメープル先生を持ちあげて、教壇へと運んでいく。椅子の上へと位置を定め、そっと先生を降ろして座らせると、ロボットアームは出てきたときと同じくあっという間に引っこんだ。

「ほらほら、何をぐずぐずしているの？　着席！」メープル先生は生徒たちに向かって杖をふってみせた。

ウィリアムは着席し、教室の中を見わたした。天井には惑星と恒星が描かれている。天球儀でいっぱいの高い棚が、壁に沿って並んでいる。りんご程度の小さな天球儀もあれば、ビーチボールぐらい大きなものもある。

「では、先週の続きからはじめましょう」メープル先生は机の上のボタンを押した。

小さなレンズが三枚ついた正方形の小さな箱が、先生の頭上でブーンと低いうなりをあげている。レンズの中がパッと光ったかと思うと、また消えてしまう。「いまいましいプロジェクターだね！　いつになったら点検してもらえるんだか！」メープル先生はブツブツ文句を言って、杖をふりあげる。

先生はプロジェクターを杖でガンガン叩いた。ふたたびライトが点くと、杖をおろした。すると、プロジェクターが天井から急降下して、先生めがけて落ちてくる。

「あぶない！」考える間もなく、ウィリアムはさけんでいた。

ところが、プロジェクターはメープル先生の頭にぶつかることはなく、進路を変えて横に向かった。何度か回転したあとで、床へと急降下して、また空中に上昇する。

「見せびらかすのは、もうおやめ」先生は机をコンコン叩きながら、プロジェクターをたしなめた。

プロジェクターは気がすんだのか、かすかなうなりをあげながら、生徒たちの頭上に静かに浮かんだ。ウィリアムは感心して、この小さな箱をながめた。

レンズがふたたび点灯し、空中に立体的な惑星が出現した。惑星は大きさも明るさも増していき、やがてバスケットボールほどのサイズになると、回転しはじめた。ウィリアムには、小さな太陽みたいに見えた。続いて、燃える太陽のとなりに、新たな惑星が現れた。この惑星はもっと小さく、灰色でところどころが黒くなっている。小さな惑星は大きな惑星の周囲を軌道を描いて回りはじめた。水星だ、とウィリアムは思った。

つぎからつぎへと惑星が出現しては軌道を回りはじめ、気づけばウィリアムは太陽を中心とした太陽系をながめていた。そのあと太陽系は一定の尺度で縮み、さらにべつの惑星系が見えてきた。

ウィリアムは頭上をゆっくり回っている銀河系を見あげながら、地球はじつはそれほど大きくないことに思いを馳せた。おじいちゃんがこんなちっぽけな惑星のどこかにいるのなら、きっと見つけだせるはずだ。

「はじめ」とメープル先生が号令をかけ、ウィリアムはハッとわれに返った。

惑星がこっちに向かってきている。銀河が増殖し、下降してきて候補生ひとりひとりの前に浮かんでいる。

「一時間で天の川を再現しなさい」メープル先生は生徒にそう命じると、机の上にあるべつのボタンを押した。先生の前に画面が現れる。

「それでは、あっという間に簡単にできる、おいしいチョコレートカップケーキのつくりかたをご紹介します」先生が観ているテレビ画面から、なめらかな声のアナウンスがきこえた。

ウィリアムは庭のベンチに腰かけて、今朝カフェテリアでつくっておいた昼食を食べている。ほかの候補生たちは、少しはなれたところにフレディといっしょに座っている。時々、フレディは何かひそひそ言って、ウィリアムを指さしている。仲間たちはニヤニヤしたり、クスクス笑ったりしている。

「あいつら、バカばっかり」背後から声がして、イスキアがとなりに腰をおろした。「北極にいたとしても、どっちが南かもきっとわからないよ」イスキアはなおも続けた。「さっきの太陽系の課題、もう終わらせてたよね。なんでメープル先生に言わなかったの？　評点に加算されたかもしれないのに」

「さあ」ウィリアムは昼食を見おろした。

これまでずっと、めだたないよう暮らしてきたせいで、自分の能力を人前でさらけだすことに慣れていなかった。力を証明したいという気にもならなかった。でも、イスキアといっしょにいると、その気持ちに変化があった。自分に何ができるのか、彼女にはわかってもらいたい。課題を早く終えたことに気づいてもらえて、嬉しかった。

「ねえ、見てよ」イスキアはコズモトリウムから出てくるメープル先生を指さした。先生はドアに施錠して、ポケットに鍵をしまうと、杖をつきながら足を引きずって空き地を横切っていく。灰色のファイルの束を小わきに抱えている。メープル先生が通り過ぎていくあいだ、イスキアはファイルから目をはなさずにいた。

「ファイルが見えるでしょ？」イスキアはひそひそ声で言う。

「うん」

「あれが手に入ったらいいのに！」

「なんの書類？」ウィリアムは立ちあがりながら言った。

「よくわからないの。でも、先生たちはいつも何か書きこんでる。あくまでも予想だけど、あのファイルにはあたしたちの情報がびっしり詰まってるんじゃないかな。見せてくださいって何度もたのんでみたけど、だめの一点張り。この研究所の人たちは、あたしたち自身が知らないことまで、候補生のことを知ってるのかも」イスキアも立ちあがり、お尻についた雪をはらう。「自分がどこに送られるのか、知りたくてしょうがないの。それもあの中にきっと書かれてるはずなんだけど」イスキアは物思いに沈みながら言った。

「送られるって？」

「毎年、何人かの候補生が移動させられるんだ。理由はわからないけどね。で、何もかも秘密なの。移動する本人さえ、どこに行くのか知らないんだから」

「冗談だよね？」ウィリアムはショックを受けている。

けれど、イスキアは真剣そのものだ。「ううん、冗談なんかじゃないよ。それに、あたしが移動させられるのも、それほど先のことじゃない気がする」

「その情報があのファイルの中にあると思うの？」

「確信はないけど。あればいいなって」イスキアは答えた。

「使ってないとき、ファイルはどこに保管してあるのかな？」ウィリアムはきいた。

イスキアは首をふっている。「〈アーカイブ〉って呼ばれる部屋に、鍵をかけて保管してあるってきいたけど。それがどこにあるのかは知らない。うわさにきいただけだから。本当にそんな書庫があるのかどうかもわからないし」

ウィリアムはいまの話について考えた。情報が詰まった秘密の書庫。いま、まさに必要なものだ。スラッパートン先生の口ぶりからすると、おじいちゃんのことも、ルリジウムを盗んで逃げた理由も、この研究所に答えがあるはずだ。

「地図か見取り図が必要だな」ウィリアムは頭をぽりぽり掻きながら言った。

「プロジェクター！」イスキアがいきなりさけんだ。

「プロジェクター?」

「メープル先生のプロジェクターには、地図やホログラフィーの設計図(せっけいず)なら、たいていのものが入ってるの。この研究所に関するものも、あるんじゃない?」

「じゃあ、ちょっと貸(か)してもらおうよ」ウィリアムはそう言って、コズモトリウムのほうへイスキアを引っぱっていく。「行こう!」

第二十三章 危険な計画

コズモトリウムのドアが音もなくひらくと、ウィリアムは暗い室内をのぞきこんだ。メープル先生の机の上を見あげると、プロジェクターは天井の下に浮かんだままだ。ウィリアムはそっとしのびこみ、イスキアに合図した。イスキアは戸口から顔をのぞかせ、疑わしげにあたりを見まわしている。

「気が進まない」イスキアはつぶやいた。

「大丈夫だよ。ほら」ウィリアムはイスキアにヘアピンを返す。

「錠前破りなんて、どうやって覚えたの？」イスキアはヘアピンを髪にもどしながらたずねた。

「本で読んだんだ」

イスキアはむずかしい顔でプロジェクターを見ている。「あれをおろしたら、どこかべつの場所に持っていかなきゃね。ここは警備の目があるから」そう言って、不安そうに周囲を見わたす。

「まずは、おろすことからだ」ウィリアムは先生の机の横で足を止めた。

机の右の片隅にボタンがある。ウィリアムは押してみた。プロジェクターはブーンと低くうなりはじめたものの、動かない。

「なんであそこに浮かんだままなんだ？　なんとかして、おろさなきゃ！」

ウィリアムはキョロキョロしているうちに、あることを思いついた。机の奥にあるホワイトボードの真上を指さす。天井から二本のロボットアームが垂れている。

「手を叩くだけでいいんだよね？」

ウィリアムは手を二回叩いた。ロボットアームはピクリとしたあとで動きだし、天井のレールに沿って進んでいく。そしてふたりの真上で止まると、イスキアをつかまえて、床から持ちあげた。

「あたしじゃないって！」イスキアはわめいた。

でも、もう遅い。イスキアはたちまち吊されて、ウィリアムの上で宙ぶらりんになっている。

「ごめん。ぼくが吊されると思ったんだけど。せっかくそこまで上がったことだし、プロジェクターをつかめそうか、やってみてくれないかな」ウィリアムは笑いそうになるのをこらえた。

「高いところは苦手なのに」イスキアはぼそりと言う。

「アーカイブに入りたくないの？」

イスキアは考え事をするみたいに、目をつぶった。目をあけたときには、いくぶん冷静になっていた。

「わかった、プロジェクターのところに連れていって」体を支えている力強い金属の腕に、イスキアは大声ではっきりと指示をだした。

ロボットアームはイスキアを運んでいき、プロジェクターの手前で軋みを立てて止まった。

「つかめそうかな」ウィリアムは言った。

イスキアは小さなプロジェクターをこわごわつかみ、引っぱりおろした。まるで古くなった臭い靴下でも持っているみたいに、体の前に腕をぴんと伸ばした状態でプロジェクターを持っている。

「もう地面に降ろして」イスキアはプロジェクターから目をはなさずに命じた。ロボットアームはまたピクリとしたあと、イスキアを運んでいき、ウィリアムの横に降ろした。

「誰かに見つかる前に、ここから出なくちゃ」イスキアはウィリアムにプロジェクターをわたした。

ほどなく、ふたりは研究所の裏手にある広い公園を急ぎ足で通りぬけていた。イスキアはいまにも誰かに見つかるんじゃないかと思っているように、キョロキョロと落ち着きがない。

「誰にも見られず作業できる場所をさがさないと」ウィリアムは上着の下に隠してあるプロジェクターをぽんと叩いた。

「この中にしよう」イスキアが言い、ウィリアムをサイバネティックス・ガーデンのほうへと引っぱっていく。

「人食い植物がいるじゃないか」ウィリアムは声をうわずらせた。

「あたしの言うとおりにしてれば、大丈夫だから。こっちだって、ロボットアームに宙ぶらりんで連れ回されたんだよ？　ただの温室ぐらい、どうってことないでしょ」

「あれがただの温室？」ウィリアムは行く手にそびえ立つ温室を見やった。

植物園へと通じる錬鉄製の大きな扉の前で立ち止まる。前回あんな目にあったんだから入るのはいやだけど、イスキアを信じるしかない。いまは、おじいちゃんのことを知りたいという思いのほうが、植物への恐怖より勝っている。

イスキアは上着のポケットからオーブを取りだすと、重い錬鉄製の扉の中央にあいたくぼみにおさめた。扉がさっとひらく。

「行かないの？」

ウィリアムは、ちょっと入ったところにある、見た目には無害そうな草深い芝生をじっと見つめている。

「その芝生なら、足を踏み入れないかぎりは安全だよ。とくに危険な植物は檻に入れられてるし。近づきすぎなければ、大丈夫」とイスキアは言う。

ウィリアムはひとつ大きく息を吸いこむと、肩の力をぬいて、フーッと吐きだした。少し気分がよくなった。

イスキアのあとに続いて、背の高い木々と危険な植物のあいだを歩いていく。ふたりが通り過ぎるとき、歯を剝きだしてみせる植物もいた。興味なさそうにそっぽを向く植物も。

「餌をもらったばかりみたいね」大口をあけていびきをかいて寝ている植物を指さしながら、イスキアが言った。

イスキアはさらに幅のせまい小道に入っていき、ウィリアムも小走りで追いかける。曲がりくねった道を進み、広大な温室の奥深くへ分け入ると、やがて中央に扉のついた大きな生け垣に行きあたった。イスキアは扉をあけてくぐりぬけ、ウィリアムもすぐあとに続いた。

ここには柵も嚙みついてこようとする植物もなく、だだっぴろい空き地があるだけだ。真ん中に女性の彫像がある噴水を囲んで、ベンチが三つ置かれている。彫像の女性は、銅製の時計を頭上に掲げている。

「この子たち、かわいくない？」イスキアが水の中を指さし、ウィリアムは見にいった。色とりどりの魚たちが、水面のすぐ下をすいすい泳ぎ回っている。一匹が水面から頭をつきだして、ふたりを見ている。

「なでてあげると喜ぶよ」イスキアが言った。

「ほんとに？」

「うん。頭をなでてあげてよ」

ウィリアムは身を乗りだして、手を伸ばす。触れようとすると、魚はいきなりピューッと水を吐きだし、ウィリアムの顔にビシャッと水をかけた。ウィリアムはゲホゲホ言いながら飛びすさった。イスキアは笑いすぎて立っていられず、ベンチに座りこむ。

「何がおかしいんだよ」ウィリアムはぶつくさ言う。

「だって！　おかしくてしょうがないよ」イスキアはヒィヒィ言って、涙をふいた。

ふたりはしばらく、何も言わずじっと座っていた。

「ここはすごく静かだね」ウィリアムは口をひらいた。

「うん、すごく」イスキアは急に真剣になり、ウィリアムのほうを向いて上着を指さした。「さっさと終わらせよう」

ウィリアムは上着の中にそっと手を差し入れ、プロジェクターを取りだした。「まず、どうすれば電源が入るんだろう――ボタンはないのかな？」プロジェクターをひっくり返して確かめる。

「いつもはメープル先生が叩くと作動するよ」イスキアは言った。

「じゃあ、やってみよう」ウィリアムは二、三度叩いてみた。何も起こらない。

もう一度、今度はもっと強く叩いてみる。やっぱり何も起こらない。

「アーカイブの場所をつきとめるには、ほかの方法もあるかもしれないし。これは元にもどして、べつのやりかたを考えてみようよ」イスキアは提案した。

「うん、そうだね――このプロジェクター、壊れてるのかな」ウィリアムが立ちあがりかけたとき、だしぬけにイスキアがさけんだ。「見て――光ってる！」

イスキアはレンズを指さしている。

すると、プロジェクターは低いうなりをあげはじめ、ウィリアムが反応する間もなく、空中に飛びあがった。ウィリアムはびっくりするあまり、手をはなすことも忘れていた。プロジェクターはウィリアムもろとも、危険な高さまで舞いあがった。プロジェクターをつかんだまま宙づりになっているウィリアムを、イスキアがずっと下から見あげている。

「手をはなして！」イスキアは右往左往しながらさけんだ。「噴水に落ちればいい！　深さはじゅうぶんあるはずだから！」

ウィリアムは首をふり、目をつぶった。

「このままだと、ふり落とされちゃうよ！」イスキアがわめいているのがきこえ、ウィリアムは必死にしがみつく。つぎの瞬間、プロジェクターは急降下しはじめた。目をあけると、大きなバラの茂みにつっこむところだった。体じゅうあちこちに鋭い棘が刺さる。と、プロジェクターはUターンしてまた舞いあがり、生け垣を越えて温室の中心部に向かっていく。そっちに着くと、プロジェクターは檻のひとつひとつに向かって急降下をくり返し、やがてウィリアムが見てすぐわかる植物のところにやってきた。前に見たとき、鳥を貪り食べていた、あの蛸のような緑の蔓植物だ。長い触手がくねりながら、こっちへ伸びてくる。

ウィリアムはプロジェクターを揺さぶった。「あっちへ行くんだ！　そろって食われちゃうぞ！」

けれど、プロジェクターは動こうとしない。触手の一本が、もう真下まで届こうとしている。

触手がウィリアムの足へと伸びてくる。プロジェクターの内部からカチッという音がして、レンズの光が消えた。プロジェクターとウィリアムは下降しはじめた。

「おい、いまはよせ！」ウィリアムは悲鳴をあげる。

見おろすと、植物の檻の外にイスキアが立ちつくしているのが見えた。恐怖に目を見ひらいて、こっちを見あげている。

「なんとかしてくれ！」

「どうすればいいの？」イスキアはパニックになってさけび返す。

「なんでもいいから！」

一本目の触手がウィリアムの片脚をつかまえ、きりきりと締めつけはじめる。「つかまった！」ウィリアムはさけんだ。

緑の触手はウィリアムをぐいぐい引きずりおろしていく。べつの触手が腰に絡みつく。プロジェクターがブーンと音を立ててふたたび作動し、上昇しはじめたが、蔓にとらえられて引っぱり降ろされる。ほどなく緑の触手はウィリアムとプロジェクターに巻きつき、獲物をしっかりつかまえて締めつけはじめた。

ウィリアムはもがくのをやめた。

地面にあいた黒い口を見おろし、鳥が粉々に噛みくだかれて食べかすとなって吐きだされていた様子を思いだす。もうすぐ、ぼくも同じ目にあうんだ。

そのとき、ふとオーブのことを思いだし、どうにかポケットから取りだした。「ぼくを助けてくれる？」ウィリアムはささやきかけた。

すると、触手の一本がさっとつきだされ、ウィリアムの手からオーブを叩き落とした。「やめろ！」オーブはぽっかりあいた黒い口の中へと落ちていった。

つぎの瞬間、すべてがぴたりと静止した。触手は動きを止め、ウィリアムはじっと待っている。顔を汗が流れ落ち、心臓は胸を突き破って飛びだすんじゃないかと思うほどはげしく打っている。

「どうなってるの？」緑の触手の向こう側から、イスキアがさけぶのがきこえてきた。

蔓植物はゴホゴホいいはじめたかと思うと、黒い口からペッとオーブを吐きだした。オーブはウィリアムの前に無傷で浮かんでいる。

「助けてくれる気はあるのか？」オーブが返事をするとでも思っているみたいに、ウィリアムは問いかけた。

けれど、オーブはそのままただ浮かんでいるだけだ。ウィリアムは、胸に巻きつく触手に力がこもるのを感じた。息ができなくなりそうだ。無我夢中でオーブをつかみ、胸に巻きついた触手をなぐりはじめる。

触手の力がゆるんだ。やっと息が吸えるようになり、ウィリアムは新鮮な空気で肺を満たした。酸素を取りこんだおかげで、力がみなぎってくるのがわかる。巨大な蔓植物を見おろすと、まるで痛みを感じているかのようだ。

「ほかの触手にもやってみて！」イスキアの声がきこえた。

ウィリアムは触手をなぐり続けた。なぐるたび、緑の触手から力がぬけていくのが感じられる。少しずつではあるけれど。死にものぐるいでなぐり続けているうちに、とつぜん体が落下して、ぽっかりあいた口のすぐ横に着地した。プロジェクターは、ウィリアムの横の葉っぱにあたってはね返る。黒い口の中に転がり落ちる前に、ウィリアムはかろうじてプロジェクターをつかまえた。

少しあと、ウィリアムとイスキアはまたベンチに座っていた。おでこに二、三のすり傷ができているのと、上着がところどころ裂けているだけで、ウィリアムは無事だった。

「言っとくけど、きみとは二度とここに来ないから！」ウィリアムは言った。

イスキアはにやりとして、肘鉄を食らわせてくる。「でも、やったじゃない！　この温室でもとくに危険な植物をやっつけちゃったんだから」

「そんなのどうでもいい。ここでの運は使い果たしたよ」

「この子、あんたを好きみたい」イスキアは、ウィリアムのとなりに浮かんでいるプロジェクターをポンポンと叩いた。プロジェクターはウィリアムの肩にすり寄って、猫みたいに喉を鳴らしている。

「作動させるには、飼い慣らせばよかったのかな？」ウィリアムは苦笑した。

「うーん。かもね」

「研究所の地図が見たい」ウィリアムはそう言って、期待をこめてプロジェクターを見る。

プロジェクターは身をはなし、ウィリアムの言葉の意味を考えているみたいに、宙に浮かんでいる。すると、ふたりの前に銀河のホログラムが現れた。

「ちがうちがう、銀河じゃない、研究所だよ」

銀河のホログラムは消え、代わりにロンドンの地図が現れる。

イスキアはプロジェクターに身を寄せて、「け・ん・きゅ・う・じょ！」と大声ではっきり発音した。

ふたりの前に新たな画像が投影された。建築図面だ。

「やった！」イスキアが声をあげた。

ふたりは座って、目の前に映しだされた図面をながめた。

「わあ、見てよこの部屋の数！　ここって、思ったよりもずっと広いみたいね」

それから、イスキアは図面のいちばん上に書かれた文字を指し示した。

ポスト・ヒューマン研究所
一九六七年創立

「ここが本館だね」ウィリアムは図面を示して言う。

「ゴッフマンのオフィスはそっち」イスキアも確認する。

「でも、そこはなんだろう？」ウィリアムは、オフィスの後ろにあるかなり広いエリアを指さした。

「なんの説明もないけど」

「そこがアーカイブなのかな？」

「だとしたら、この計画はあきらめるしかなさそう。許可(きょか)なしにゴッフマンのオフィスには入れないもん」イスキアはがっかりしている。

しばらくのあいだ、ふたりとも無言だった。

「今夜、決行しよう」ウィリアムはきっぱりうなずきながら、ついに言った。

「正気なの？」

「ファイルに何が書かれているのか、知りたいんじゃなかったのか？」

「そりゃあ、そうだけど……」イスキアは認(みと)めた。

「ぼくはおじいちゃんのことを知りたい。きかせてもらってない情報(じょうほう)が、きっとほかにもあるはずなんだ」

「おじいちゃんのこと？」

イスキアの問いに、ウィリアムは返事をしなかった。どこから話せばいいのか、わからなかったから。

少しして、ウィリアムは口をひらいた。「ルリジウムって知ってる？」

「ルリジウム？」

「うん。きいたことは？」

イスキアは首をふった。「はじめてきいた。変な名前。それってなんなの?」

「今夜もっとくわしく話すよ。十時に食堂で落ち合おう」ウィリアムは立ちあがりながら言った。

イスキアは座ったままでいる。ゴッフマンのオフィスに押し入ることを考えて、明らかに怖じ気づいている。

それでもウィリアムは、ここでやめるわけにはいかなかった。もうちょっとで、秘密の情報がぎっしり詰まった書庫を見つけられそうなのだ。

第二十四章　深夜のオフィス

ウィリアムが、音を立てないようにして一階へと階段を降りたとき、時計は十時十二分を指していた。遅刻したのは、出かけようとするウィリアムを、ドアがかたくなに引き止めたからだ。部屋から出るには遅すぎる時間だし、夜に研究所をうろつき回るのは危険なんだ、とドアはお説教をした。どんなものに出くわすかもわかったもんじゃないんだぞ、と。ウィリアムがあの手この手で言いくるめると、ついにドアはしぶしぶ外出させてくれた。あとはイスキアの気が変わってないことを願うばかりだ。

階段を降りきると、足を止めて耳を澄ました。暗闇が黒い霧のように廊下をおおっている。人の気配はない。壁にぽつんとついたランプが、行き先が見えるだけの光を照らしてくれている。

ウィリアムは廊下を進み、食堂に向かった。自由の女神に似た銅像の横で立ち止まり、周りの様子をうかがう。

「イスキア」とささやいた。

返ってくるのは、小さく反響した自分の声だけだ。イスキアはちゃんと来たのに、時間になってもぼくが来なかったから、帰っちゃったのかもしれない。部屋にもどったほうがいいか考えていると、何かが軋む音がして、ハッとふり返った。廊下を歩いてくる人影が見える。ウィリアムは息を詰め、壁と銅像のあいだに体を押しこんだ。人影は近づいてきている。

いつだか部屋の外の廊下で見かけたことがある、あのおばあさんだ。バケツやほうき、雑巾をいっぱいに積んだワゴンを押している。ウィリアムは壁にぴたりと貼りついた。こんな時間にぼくが廊下をうろついているなんて、誰も知るはずがない。おばあさんは銅像のすぐ横で止まった。いまでは、その姿がはっきり見える。かなりの年寄りだ。肌は青白くくすんでしわがあり、髪の毛はアップにして小さなヘアネットでひとつにまとめてある。機械仕掛けの小さなハチドリが肩に止まって、羽づくろいをしている。おばあさんはあたりを見まわしたあとで、また廊下を進んでいき、やがて角を曲がって姿を消した。

掃除用具のワゴンの車輪がキーキーいう音が完全にきこえなくなるまで、ウィリアムは銅像の後ろから出てこられなかった。イスキアが来ないなら、ひとりでアーカイブをさがしてみるべきだろうか？　ううん、いてくれないと困る。イスキアはこの研究所のことをぼくよりずっとよく知ってるんだから。

「ねえ！」暗闇のどこからか声がきこえてきた。イスキアだ。

「こっち……階段の上」

廊下をちょっと行った先に、幅のせまい階段が見えた。チェーンでふさがれていて、「従業員以外、立ち入り禁止」と記された真鍮製のプレートがさげられている。

「急いで」と声がささやいた。

イスキアは死角になっている階段の中ほどに腰かけていた。ウィリアムはチェーンをまたぎこえ、階段をのぼった。

「遅かったじゃない」

「部屋のドアと門限の交渉をしてたから」とウィリアムは説明した。

「で、ぼくちゃんは何時までに帰らなきゃいけないの？」イスキアは茶化した。

ウィリアムは相手にせず、そのまま階段をのぼっていく。

ふたりはすぐ二階に着き、どこまでも続いていそうな白く長い廊下を見やった。

「案内してよ。ぼくはゴッフマンのオフィスに行ったことがないから」ウィリアムは言った。

廊下は目がくらみそうなほど真っ白で、どこまでが床でどこからが壁なのかもわからないほどだ。ウィリアムはまっすぐ進むため、つるつるした壁に手をそわせながら歩いた。

「着いたよ」角を曲がると、イスキアが言った。

ふたりの前には、ドアノブも取っ手もない白いドアがある。壁にすっかり溶けこんでいる。

「どうやって中に入るの？」ウィリアムは質問した。

「全然わからない。天才はそっちなんだから、考えてよ」

ウィリアムはなめらかなドアの表面に手をすべらせた。ドアノブも取っ手も鍵穴もない。けれど、はたと止まり、思わず笑いそうになった。

「こんな簡単なことか」とつぶやく。

「なんの話？」

「去年、ぼくの家族が買った新しい冷蔵庫は、取っ手がなかったんだ」ウィリアムはそう言って、ドアを押した。

ドアはカチリと小さく音を立て、すっとひらいた。

「複雑なものばかりじゃないんだよね」ウィリアムはにやりとした。

「でも、なんでゴッフマンは部屋に鍵をかけておかないの？」イスキアが疑うように言った。

「さあ。ボスのオフィスに押し入ろうとする人間なんて、いないと思ってるのかも」ウィリアムは警戒しながらあたりを見まわした。「行こう！」

第二十五章 アーカイブ

ゴッフマンのオフィスは家具がほとんどなかった。部屋の中央に、白い大きな机がある。その上に古い地球儀がひとつ置かれている。

「アーカイブに通じるドアは、どこにも見あたらないけど」イスキアが言った。

「あきらめるのはまだ早いよ」ウィリアムは部屋の奥へと進んでいく。そのとき、みぞおちにある感覚がわき起こり、体の中にいつものうずきを感じた。肩の力をぬいて、目を閉じる。

「ちょっと、何やってるの？」イスキアがきく。

「シーッ」ウィリアムはまぶたの裏の闇に意識を集中している。

うずきは次第にはげしくなってくる。やがて背すじを駆けのぼり、両手と頭へと広がっていく。目をあけた瞬間、はっきり見えた――地球儀の上に浮かぶ、輝くシンボルが。ほかより大きいものもあれば、光が強いものもある。

「何か見えるの？」イスキアの声が遠くにきこえる。

シンボルのひとつと、地球儀の北を示すXの文字が、強烈な光をはなっている。ウィリアムは地球儀を回転させ、光っているシンボルをXの位置に重ねた。カチリと音がした。そのシンボルは、ふっと消え、新しいシンボルが現れる。ウィリアムは同じことをした。また遠くでカチリと音がする。

「何が起きてるの？」イスキアは机に身を乗りだしている。

いまではウィリアムも感じていた――オフィス全体が振動している。

「なんかいやな感じ」イスキアがささやく。

「動いてる」ボールペンが机を転がっていくのを見て、ウィリアムは言った。「部屋が丸ごと動いてる」

「エレベーターみたいに？」

振動ははじまったときと同じく、とつぜんおさまった。ウィリアムとイスキアは立ちつくし、耳を澄ましていたけれど、何も起こる気配はない。

「これからどうしよう？」イスキアはウィリアムに少しずつ近づいていく。ウィリアムは部屋をながめまわした。

「もしかして……？」ひとりごとのようにつぶやき、ドアへ引き返す。

冷たいドアに手をあて、おそるおそる押してみる。

ドアがさっとひらき、イスキアは息を飲んだ。

ふたりが見つめているのは、真っ暗闇だ。ひんやりするすきま風が吹きつけてくる。

「行かないほうがいいんじゃないかな。いろんな怖い話もきいたことがあるし……」イスキアは言う。

けれど、選択の余地はないのだと、ウィリアムはわかっている。おじいちゃんのことをもっと知りたければ、やるべきことはひとつだけだ。ドアをくぐりぬけて、暗闇に踏みだす。向こうのほうから、かすかな雑音がきこえてきている。それ以外は、完全な静寂だ。

「ひとりでなんか行かせない」イスキアはそう言うと、部屋から出てきて、ドアを閉めた。

ウィリアムは笑顔になった。

ふいに頭上からカチカチと音がしはじめ、たちまち数百個の電球が花火のようにまたたいた。

そのあと、電球の音はやんだ。

「うわっ！」イスキアはさけび、目をこすってまぶしさに慣れようとしている。

ふたりの前に、広々した白い部屋が現れた。天井は高さ二十メートルはありそうで、高くそびえる書棚の列が部屋を埋めつくし、どこまでも果てしなく続いている。

天井には小さな通風孔がならび、ふたりの横の壁についたディスプレイ画面には、部屋の湿度が表示されている。

「目的のものがあんな高さにあったら、どうすればいいの？」イスキアがいちばん上の棚を指さして言った。

「あそこまでのぼる方法があるはずだよ」ウィリアムはキョロキョロした。と、すぐそばの書棚に掲げられている表示に目が留まる。「**ライカに注意**」と大きな文字で手書きされている。

「ライカって誰？」

「さあね、でもいやな感じが……」イスキアの声は小さくなってとぎれた。「シーッ」

ふたりは耳を澄ました。

「ほら、また」イスキアがささやく。

ウィリアムにもきこえている――書庫のどこかで、何かが動いているかすかな反響音が。

「近づいてきてる」ウィリアムは数歩あとずさりした。

とつぜん、ひとつの棚の後ろから、車輪のついた二台の脚立――一台は黒で、もう一台は灰色――が勢いよく飛びだしてきた。どちらの脚立も、アコーディオンのような蛇腹の構造になっていて、てっぺんが人の立てる台になっている。高い書棚の上のほうにあるものを取るときに使う脚立だ、とウィリアムは気づいた。

脚立は車輪を回転させながら、尋常じゃないスピードで向かってきている。まるでレースでもしているみたいだ。黒い脚立が灰色の脚立の進路をさえぎり、棚につっこませようとした。二台はコントロールをうしないそうになりながら、車輪を軋ませて曲がると、ウィリアムとイスキアの前でぴたりと止まった。

「ぼくを選んで！」脚立は声をそろえてさけんだ。「ぼくを選んで！」

「待てよ」と黒い脚立。「ここには、ふたりいる」

「ふたりいる？」灰色がくり返す。

「うん、ふたりいる」黒いほうがまた言った。

これはじっくり検討すべき情報だとでもいうように、脚立たちはだまりこんだ。

「ぼくを選んで！」黒い脚立が言った。

「だめだよ、ぼくを選んで！」灰色のほうも言う。

「ぼくを選んで！」脚立はそろって声をあげた。

「きみたちはどういうロボットなの？」ウィリアムが質問した。

「ぼくらは脚立の兄弟さ」片方の脚立がとっさに答えた。

「ちがうよ、兄弟なんて、そんなはずがないだろ」もう片方が言った。

「じゃあ、きみたちはなんなんだ？」ウィリアムはじれったそうにたずねた。

「垂直ボットだよ」脚立たちは同時に答えた。「いつでも、どこでも、どんな高さでも、きみたちが行きたいところに連れていくんだ」

「すごいぞ。一台ずつ乗ろう」ウィリアムはイスキアに目くばせした。

「ぼくを選んで！　ぼくを選んで！」脚立たちはまた言った。

イスキアはためらっている。

ウィリアムは黒い脚立に飛び乗った。「ほら。きっと楽しいよ」

イスキアはあきれた顔をして、灰色の脚立の一段目の横木に足をかけた。

「行き先は？」脚立たちがさけぶ。

ウィリアムは笑みを浮かべた。この脚立たちは、使ってもらいたくてうずうずしているらしい。話し相手がほしくてしかたがなかったのかな？　この巨大な書庫にいたら、きっとさびしくてたまらないだろう。

「イスキアは個人ファイルを、ぼくはトバイアス・ウェントンに関する情報をさがしたい」

ウィリアムは言った。

「えー、つまんない。そんなのより、ずっと面白い資料がここにはいっぱいあるんだよ」ウィリアムが立っている脚立が言い返した。「ほかのじゃだめかな？　通路三つ分、産業革命に関する資料がどっさりあるけど」

「じゃなきゃ、月面着陸の陰謀論とか」もう片方の脚立が口をはさむ。

「面白そうだけど、今日はやめとくよ」ウィリアムはきっぱり断った。

「了解！」黒い脚立がさけび、車輪を軋ませるほどのスピードで走りだす。

「めあてのものが見つかったら、ここでまた落ち合おう」脚立がふた手にわかれて猛スピードで棚のあいだに入っていく前に、ウィリアムはイスキアに呼びかけた。

「わかった」ちっとも楽しくなさそうな声で、イスキアは返事した。

脚立はとんでもないスピードで走っていく。ウィリアムは、どこに向かっているのか目で確かめられるよう、横木をさらに二、三段のぼった。両手でしっかりつかまっておかないと、ふり落とされそうだ。脚立は右折して、今度は左折して、フルスピードで直進する。そして前触れもなく、車輪を軋ませて止まった。

「トバイアス・ウェントン」脚立は抑揚のない声で告げた。

ウィリアムは周囲を見わたした。ここは、広い書庫のちょうど中心部だ。頭上の電灯がひとつ切れていて、ほかの場所より少し暗くなっている。目の前の棚に並んだファイルは、層になった厚いほこりをかぶっている。書庫の中でもこの棚はめったに利用する人がいないらしい。

「ここ、丸ごとぜんぶトバイアス・ウェントンの棚？」ウィリアムは期待をこめてたずねた。

「ちがう」脚立はすげなく答えた。

「トバイアス・ウェントンのファイルはどこ？」

「上のほう」脚立の台はぐんぐん上へとあがっていく。

ウィリアムはちらりと下を見た。もう目がくらみそうなほどの高さだ。棚のファイルに視線を集中していると、脚立はがくんとなって急停止した。あぶなっかしく前後にぐらぐら揺れたあと、やがて安定感を取りもどす。

「ウェントン先生の資料」と脚立は言った。

背の部分に「T・W」と手書きで記されたファイルが目に入る。ウィリアムはファイルを引っぱりだすと、ほこりを吹き払ってからひらいた。そこにおさめられているものを見て、心臓が止まりそうになる。いや、もっと正確に言えば、そこにおさめられていないのを見て、だ。古い写真が一枚あるだけで、ファイルの中はからっぽだったのだ。ウィリアムは写真をぬき取り、ファイルをもとの場所にもどした。写真に写っているものが何かに気づき、ハッと息を飲む。いったい、どうして……？

物音を耳にして、顔をあげた。写真をあわててポケットにつっこむ。ここにいるのは、ぼくたちだけじゃないらしい。

第二十六章　黄色いふたつの目

下のほうから、かぎ爪が床にこすれる鋭い音がきこえてくる。

「あれは？」脚立のてっぺんからは、なんの姿も見えない。

「あれって？」脚立がききかえす。

「あの音だよ。まるで……動物みたいな……？」

「たぶん、ライカだ」

「ライカ」ウィリアムは、入口付近に掲げられていた表示を思いだした。「ライカって何者？」

脚立は答えない。棚の向こう側で、何かが床を引っ掻いて通りぬけていく音がする。

「ライカは危険なの？」

「近づきすぎなければ大丈夫」と脚立は言った。

「さがし物は見つかったよ。イスキアを見つけて、ここから出してくれ」ウィリアムは脚立にたのんだ。

そのとき、ライトが消えた。

真っ暗闇の中で、きこえるのはウィリアムの心臓の音だけだ。鼓動がギャロップで走っている馬のような音を立てている。やがて、下のほうで何かが動いている音が、またきこえてきた。鋭いかぎ爪がかたい石造りの床をこする音。音を立てているものは、ウィリアムの真下で止まった。

自分がどんなに高いところにいるのか、ウィリアムは思いだした。脚立のへりからこわごわ身を乗りだし、下をのぞきこむ。

すると、それが見えた。

暗闇の中から、こっちを見あげて光る、黄色いふたつの目。長く低いうなり声がきこえる。

ウィリアムはさっと身を引き、息を詰めた。

「お願い……お願いだから、あっちへ行け、あっちへ行ってくれ」小声でくり返す。

つぎの瞬間、天井からパチッという音がした。ライトがひとつ、またひとつと点灯し、アーカイブ全体にふたたび光が満ちていく。見おろすと、そこに黄色い目はもうなかった。

「ここから連れだしてくれ！」ウィリアムはさけんだ。

「ほんとに、産業革命の資料をちょっとのぞいてみなくていいの？」脚立はしつこく言う。

「百パーセント必要ない」ウィリアムは言い返した。

横木ががくんと動き、脚立は床に近い高さまで縮まった。ウィリアムはそわそわとあたりを見まわした。正体がなんだかわからないが、とにかくライカの姿はない。脚立はまた危険なほどのスピードで高い棚のあいだを疾走し、来た道を引き返していく。

角を曲がると、ある棚の中ほどの高さに、脚立に乗ったイスキアの姿が見えた。ひらいたファイルをじっと見つめている。どうやら、おめあてのものを見つけたらしい。

「ストップ！」ウィリアムは脚立に指示した。

車輪を軋ませ、脚立は横すべりしながら、イスキアのとなりに止まった。

「見つかった？」ウィリアムは声をかけた。

「んー」イスキアは顔をあげずに返事する。

「どうかしたの？」どこか様子がおかしい――はぐらかそうとしているみたいだ。

イスキアはファイルを閉じると、ジャケットの内側にしまいこんだ。まだこっちを見ようとしない。あとできいてみよう、とウィリアムは思った。いまは緊急事態を切りぬけないと。

「この書庫には、ライカっていうやつがいる。もうここから出たほうがよさそうだ」ウィリアムは後ろを気にしてびくびくしながら言った。

「ライカ？」イスキアはようやくウィリアムと目を合わせた。

「うん、目が光ってるんだ。さあ、行こう」

急ぐよう脚立に伝えようとしたとき、目の端にあるものが映って、口をつぐんだ。後ろを向くと、あの人がいた――あのおばあさんが。

おばあさんはすぐそこの書棚のそばに立っていて、ぴくりとも動かず、冷たい目でウィリアムを凝視している。肩には相変わらず小さなハチドリが止まっている。

「イスキア」ウィリアムは、おばあさんから目をはなさず、ささやいた。イスキアもふり返り、おばあさんに気づいた。

「どうする？」と、声をださずに口を動かしている。

「ぼくが三つ数えてから、きみをこっちの脚立に飛び移らせる。で、おばあさんが追いかけてこられないよう、きみの脚立で通路をふさぐんだ」ウィリアムはひそひそ声で言いながら、身を乗りだしてイスキアの腕をつかんだ。「一……二……三！」イスキアはジャンプした。

「行け！」ウィリアムは脚立に命じた。おばあさんはこっちに向かって歩いてくる。

「行き先は？」脚立がたずねた。

「ここから出られさえすれば、どこでもいい！」ウィリアムは大声で返事をした。「急げ！」

「じゃあ、外だね！」脚立はもうバックしはじめていて、それからいきなり曲がって、猛スピードで走っていく。

ふり返ると、おばあさんはいまでは駆けだしている。

「あの脚立でブロックできるはずだ」ウィリアムはさけび、さっきまでイスキアが乗っていた脚立を見やった。脚立は棚と棚のあいだの通路をふさいでいる。「やったぞ――あとはすぐ――」

けれど、ウィリアムは言いかけて口をつぐんだ。おばあさんは脚立を飛びこえて、どんどんスピードをあげて追いかけてきている。

「おいおい。このままじゃまずいぞ」ウィリアムはひとりごとのようにつぶやいた。

その瞬間、いきなりおばあさんの体がまっぷたつに分かれた。上半身が前方へ飛びこんで、両手をついて着地する。下半身はスピードをあげている。

「嘘だろ？」ウィリアムはぎょっとして、追いかけてくるふたつの体を見つめた。

すると、ふたつの体はふたりの人間に変身した。それが誰なのか、ウィリアムは見てすぐにわかった。

あの赤毛のふたりの運転手だ。

第二十七章

警報

「きみたちふたりは、ちょっとした散歩をしていたらしいな」ゴッフマンはオフィスに置かれた地球儀の横に立っている。ウィリアムはイスキアにちらりと目をやった。彼女は両手にファイルを抱えたままだ。

「ぼくたちは、ただ……」ウィリアムは言いかけてやめた。現行犯でつかまったんだから、言いのがれをしようとしても無駄だ。

「この子は残らせる」ゴッフマンはイスキアを指さし、彼女の腕をつかんでいる男に向かって言った。「ウィリアムは部屋に帰せ。あとで話をする」

ウィリアムは目を合わせようとしたけれど、イスキアは視線を避けた。なんであんなおかしな態度を取っているんだろう？　ファイルの中に何か見つけたんだろうか？

「おかえり。さては、つかまったな？」ウィリアムが部屋に入ると、ドアが閉まりながら言った。

　ウィリアムは返事をせずに、部屋の奥へと進む。

「おれのせいだと思ってるのか？　言っとくけど、おれはなんの関係もないぞ」ドアは弁解がましく言う。

「ぼくが出かけたことを知っていたのは、きみだけだ」ウィリアムは腹を立てている。

「そいつはちょっと甘いな。この研究所は、そこらじゅうに目あり耳ありだ。よくもまあ、すぐつかまらずにすんだもんだよ。何をさがしてたんだ？」

　ウィリアムはポケットから写真を取りだした。

「もういいんだ。さがしていたファイルは、どうせからっぽも同然だったんだから。そのあと、ぼくをここに連れてきたあのふたりの男が現れた。最初はおばあさんの姿だったのが、分身したんだ。あいつら、人間じゃなさそうだな」

「ハイブリッドだよ」ドアが言った。

「ハイブリッド？　一部は人間で一部はマシンとか？　あの温室の植物みたいに？」

「そんなところさ。この研究所にはハイブリッドが何体かいる。最先端の技術によるものだから、普通の人間と見分けることは不可能だ」

ウィリアムはびっくりした。「たとえば、誰？」

「見当もつかないよ。極秘事項だからな。知ってるのは限られた――」建物のどこからか警報器が鳴り響き、ドアは口をつぐんだ。「おかしいな」

「どうなってるの？」

「さあ。避難訓練があるとはきいてないけど。何か理由があるんだろう」

ウィリアムはベッドに腰かけ、写真をながめた。被写体には見覚えがある。ぼくがおじいちゃんから譲り受けた古い机だ。何者かが、おじいちゃんのファイルの中身をぬき取った。なのに、この写真だけ持っていき忘れたんだろうか？　それとも、これはなんらかのメッセージなのか……おじいちゃんからの？

なんの前触れもなくドアがひらき、赤毛の運転手のひとりがつかつか入ってきた。そしてウィリアムのもとへまっすぐ来ると、抱えあげて肩にかついだ。

サイバネティックス・ガーデンの門がひらき、赤毛の男はウィリアムを肩にかついだまま中へ入った。遠くで警報器が鳴り響いている。

植物たちがシーッと音を立てて、ふたりをつかまえようとする。赤毛の男がシーッと言い返すと、植物たちはおびえて引きさがった。どこへ向かっているんだろう？　この男は、ぼくを植物の餌にする気なのか？

ふたりは温室の中央にある憩いのスペースに直行した。中に入ると、赤毛の男はウィリアムをおろし、もうひとりの運転手と並んで立った。

フリッツ・ゴッフマンが一歩進み出た。見たこともないような、奇妙な生き物を従えている。体はピカピカの金属でできているのに、頭部は生身の犬だ。

ギラギラ光る黄色い目を見て、ウィリアムはすぐにわかった。まちがいない、アーカイブでぼくを狙っていたあいつだ。

ゴッフマンはその生き物の頭をなでた。「もうライカには会っているね」

ウィリアムはうなずいた。

そう遠くない場所で、べつの警報器が鳴りはじめた。「なんで警報が鳴ってるんですか？」

ゴッフマンは答えない。噴水の銅像が両手で掲げた時計を見あげている。何かを待っているみたいだ。そのときはじめて、ウィリアムはゴッフマンの目に予期せぬ感情を読み取った。

恐怖だ。

ひどくまずい事態になっているらしい。

いきなりドアがひらき、ウィリアムはびくっとした。スラッパートン先生が息を切らしながら転がりこんでくる。

「け、け、研究所の中にいる」つっかえながら言った。

「この子がここにいることを知っているんだ」ゴッフマンはウィリアムを見やった。

「知ってるって、誰が？」ウィリアムの声はふるえている。

すると、ききおぼえのある音がした。

決して忘れることのできない音が。

枝がぽきぽき折れる音がして、植物園に重々しい足音がとどろきわたる。こっちにだんだん近づいてきている。正体はわからないが、ノルウェーでウィリアムの家を襲撃したのと同じやつだ。

「行こう！」ゴッフマンがさけび、手をふってウィリアムに合図する。スラッパートン先生が噴水に飛びこんだ。魚たちはわきによけ、何匹かは水面から顔をだして、先生に向かって水を吐いた。けれどいまは、水を吐く魚のことを気にしている場合じゃない。スラッパートン先生は銅像の腕をつかむと、力いっぱい引きおろす。大きな悲鳴がきこえ、何かが勢いよく飛んできた。ウィリアムのすぐ横の地面に人食い植物が叩きつけられて、ぴくぴくと身もだえしている。

「早く！」ゴッフマンは噴水に足を踏み入れた。

ライカがクーンと鳴き、ゴッフマンに続いて飛びこんだ。

赤毛の男ふたりもあとに続く。ひとりがウィリアムの横で足を止め、「こいつを引きずりこもうか？」というような顔でゴッフマンを見た。

ウィリアムはあわてて噴水に入った。

今日はもう、かつぎまわされるのはじゅうぶんだ。

第二十八章 真空列車

頭上で頑丈な鉄のハッチが閉じられ、噴水エレベーターが暗闇の奥深くへとぐんぐん降りていくあいだ、一同は無言で立ちつくしていた。どこまで深く降りるんだろう、とウィリアムは思った。周りのみんなの顔を見る。静寂が耐えがたい。沈黙を破らずにはいられなかった。

「イスキアは？」ウィリアムはゴッフマンを見あげた。

「イスキアがどうした？」ゴッフマンはきき返した。

「あぶない目にあってないですか？」

「ほかのみんなと無事でいるよ」

エレベーターががたんと止まり、目の前の壁がひらいた。

「こっちだ！」ゴッフマンが言った。

ライカが跳びはねながらあとを追う。スラッパートン先生が、ウィリアムについてくるよう身ぶりで示した。窓もドアもない長い廊下を走っていく。ウィリアムは耳鳴りがしていた。唾を飲んでみたけど、耳ぬきはできなかった。

しばらくすると、防空壕にありそうな巨大なドアに行きあたり、足を止めた。スラッパートン先生が壁のセンサーに親指をかざすと、ドアがさっとひらいた。

「ようこそ、スラッパートン先生」どこかできいたような声がした。

「やあ、マリン」スラッパートン先生はあいさつして、部屋に入ると、ウィリアムに言った。

「当研究所の極秘管区にようこそ。さあ、こっちへ」

考えられるかぎりのあらゆる大きさと形状のマシンが、そこらじゅうに置かれている。名前がつけられているものも、いくつかある――〈吸電機〉、〈収縮機〉、〈時間圧縮機〉、〈反物質開発機〉。ウィリアムはスラッパートン先生のあとを追い、〈過去タービン〉と名付けられている錆びついた樽のわきを通り過ぎた。

向こうのほうに、新しいドアが見えてきた。「〈真空列車〉乗り場」と書かれている。スラッパートン先生は壁のセンサーに親指の指紋をかざした。

反応がない。

「こんなときに、ツイてないな」スラッパートン先生の声に動揺が広がっていく。先生はもう一度やってみた。

「どうなってるんだ?」ゴッフマンがたずねた。

スラッパートン先生は反対の手の親指で試してみた。やっぱり反応はない。「作動しない。きっと何者かが――」そのとき、ライトが消えた。

ウィリアムたちは真っ暗闇の中に立ちつくした。つぎの瞬間、頭上で大きな音を立てて爆発が起きた。「入ってきたな」スラッパートン先生がささやき、「こっちだ」と小さな懐中電灯で暗闇を指す。

先生は赤い防火扉をひらいた。ウィリアムたちはすぐあとに続いていく。闇の中を明かりで照らすと、下りのせまい階段が現れた。また爆発があり、階段がぐらぐら揺れる。ゴッフマンは長い脚で階段を二段飛ばしで降りていく。ウィリアムはついていくのもやっとだ。

階段を降りきったとき、階上が丸ごと吹っ飛んだ。見あげると、炎と煙が波のように階段の下へ押し寄せてきている。

「急げ!」スラッパートン先生が大声をだし、行く手に見える列車を指さした。

ウィリアムはあたりを見まわした。地下鉄のホームみたいなところに来ている。

「乗って!」スラッパートン先生がさけんだ。

乗ってみると、中は普通の列車と変わりなかった。片側に一列ずつ、計二列の座席が並んでいる。けれど、座席のつくりはレーシングカーのものに似ていて、頭を深々ともたれるヘッドレストと、ハーネス式のシートベルトがついている。

「シートベルトを！」スラッパートン先生が命じ、制御装置に近いいちばん前の席に座った。

列車の壁が揺れている。

「すぐ外にいる！」ゴッフマンがさけんだ。

スラッパートン先生はふたつの赤いボタンを同時に押すと、座席に背中をもたれた。

「うまくいくことを願おう」先生は言い、目を閉じる。「しっかりつかまって、頭をヘッドレストにもたれておくんだ」

ウィリアムのすぐ横の壁に、新たな爆発の衝撃があった。つぎの瞬間、ゴトゴトという低い音と、シューッという大きな音が続き、ウィリアムたちの体は座席に押しつけられた。あまりのはげしい加速に、身動きすることもできない。

少しすると、圧力が弱まって、すべてが正常な状態にもどった。ウィリアムはおそるおそる座りなおした。

「この列車、動いてるの？」ウィリアムはたずねた。

「もちろん」スラッパートン先生は口の端に誇らしそうな笑みを浮かべて答えた。「いまはもう、時速八百キロほどで走ってる。時速千六百キロを超えたあたりで、速度を保って運行するよ」

「時速千六百キロ？」ウィリアムはさけび、具体的にどれほどの速さなのか想像しようとした。

「そう。この列車は飛行機よりも音よりも速く走ってるんだ。完璧な真空状態で走っていなければ、時速千二百キロを超えたあたりで音の障壁を破ることになる」

「すごい」

そのとき、恐ろしい考えが頭に浮かんだ。「もしこの列車が衝突したら？」

「考えるのはよそう」スラッパートン先生は答えた。

第二十九章

忘れ去られた扉

　スラッパートン先生はシートベルトのバックルをはずし、脚を伸ばした。ライカは車両の中を二、三周してから、ゴッフマンの足元に身を伏せると、光る目をつぶって猫のようにゴロゴロと喉を鳴らしている。ウィリアムがちらりと見やると、ふたりの運転手は少しはなれたところに座っていた。

　スラッパートン先生を見て、問いかける。「地上でぼくらを襲ってきたのは、何者なんですか？」

「マシンの一種だ」

「ノルウェーでぼくの家族を襲撃したのと同じやつでしょうか？」

「おそらくは」

「ロボット？」

「うん、そう呼んでかまわんだろう。最先端の技術が使われている。そこにいると気づいたときには、たいていの場合はもう手遅れになっている」スラッパートン先生は説明した。

「あれは……エイブラハム・タリーのロボットですか？」ウィリアムが質問すると、スラッパートン先生とゴッフマンは目を合わせた。

「たぶんそうだろう」スラッパートン先生が答えた。

「この列車はどこに向かってるんです？」

「ロンドンだよ。現時点でわれわれにとって最も安全と思われる場所に向かう。〈誤報センター〉だ」

「誤報？」

「そう、誤報センターはウェルクロウ先生が運営している。彼女も研究所の創設メンバーのひとりだ」

「研究所はおじいちゃんが創設したんじゃないんですか？」

「研究所の創設者は三人いる。きみのおじいちゃんと、ウェルクロウ先生と、フリッツ・ゴッフマンの三人だ」スラッパートン先生は身を乗りだし、ひざにひじをついて、長いあいだ真剣なまなざしでウィリアムを見つめていた。

「そろそろきみに事情を説明するときがきたようだな」先生はついに口をひらき、ウィリアムは期待をこめてうなずいた。ぜひとも教えてほしかった。

「研究所の地下室で見せたものを覚えているかね？」

「はい」ウィリアムは一瞬、言葉に詰まった。おじいちゃんが盗みを働いたなんて、考えたくない。

「なくなったルリジウムのことだが」

「はい、ぜんぶ覚えてます」ウィリアムは認めた。

「前にも話したとおり、ルリジウムは知的金属だ。正確な起源はわからないが、非常に古い。ルリジウムは自ら考えることができるが、機能するには有機体との接触が必要だ。だからルリジウムはじつに長いあいだ休眠状態にあったのだ。誰かに発見されるまで。近代になってルリジウムのかたまりを最初に見つけた人物がエイブラハム・タリーだったことも、覚えているね？」

ウィリアムはうなずいた。

「発見したとき、ルリジウムが体内に侵入してエイブラハムは昏睡状態になった。病院に運ばれたが、数日後に姿を消した。ほかの作業員がどうなったか、覚えているかな？」

「はい」ウィリアムはじれったくなってきた。どれも前にきいた話ばかりだ。知りたいのは、おじいちゃんに何があったのかということなのに。

「作業員たちが亡くなった現場を調べているとき、シンボルでびっしり埋めつくされた大昔のものらしき頑強な鉄の扉を捜査員が発見した。トンネルの掘削工事は中断され、扉に何が書かれているのか解読するため、長い時間が費やされた。しかし、解読できたのはわずかなシンボルだけだった――〝部屋〟と〝テクノロジー〟だ」

スラッパートン先生はゴッフマンを見て、この先はお願いしますと合図した。ゴッフマンは物々しく咳ばらいした。

「鉄の扉からそうはなれていない場所で、機械仕掛けの球体……オーブが発見された。こちらも不可解なシンボルで埋めつくされていたが、鉄の扉のシンボルと一致するものはひとつとしてなかった。両者にはなんの関連も見つけることができず、数年後にはシンボルの解読を断念することになった。どうにかして扉を破ろうと、大量の爆薬を使って爆破が試みられたが、その結果トンネルの区画の一部が崩壊することとなった。多くの命が奪われた。この取り組みはなんの成果もあげられずに、見切りをつけられた。鉄の扉があったトンネルは封鎖され、鉄道網の整備はべつのトンネルを掘ることで続けられた」

「オーブはどうなったんですか?」ウィリアムは質問した。

「オーブはオックスフォード博物館の地下にある金庫室にしまいこまれた。オーブがなんなのか、どうやって使うものなのか、誰にも理解できなかった。歳月が過ぎるとともに、オーブも封鎖されたトンネルも忘れ去られた」

「エイブラハムはどうなりましたか？」

「誰にもわからなかった。百年後、つまり一九六〇年代初頭にふたたび姿を現すまでは。エイブラハムは博物館に押し入り、オーブを盗もうとした。計画は失敗に終わったが、やつは今回もまんまと逃げおおせたのだ。

きみのおじいちゃんとウェルクロウ先生と私は、当時オックスフォードの学生だった。この謎めいた金属の球体には特別な何かがあるはずだ、と私たちは気づいた。名前がなかったので、われわれはただ球体と呼んでいた。

私たちはオーブの歴史をさぐりはじめ、それをきっかけにロンドンの地下にある忘れられた鉄の扉の歴史にたどり着いた。扉に刻まれたシンボルの古い写しまで手に入れたのだ。きみのおじいちゃんがその多くを解読し、こうして私たちはルリジウムの存在をはじめて知ることになった。われわれが知り得たことから考えるに、どうやら鉄の扉の向こうにはさらにルリジウムがあり、オーブは鍵のような働きをするらしかった。物事がどう絡み合っているのかに気づいたとき――ルリジウムがエイブラハムの体内に侵入したこと、そしてそれがどんなに危険なことか――私たちは研究所を創設した。ルリジウムを保管して隠すことで、人々を守りたかったのだ。私たちは鉄の扉をさがし続けた。それだけではなく、世界じゅうの手がかりをたどりはじめ、ほかの地下通路を捜索し、さらなるルリジウムをさがし求めた。発見したわずかばかりのルリジウムは、研究所に隠して保管した。まちがった相手にわたるという危険を冒すわけにはいかなかった」

「鉄の扉はどうなったんでしょう？　見つかったんですか？」ウィリアムはたずねた。

「第二次世界大戦中にロンドンが空爆を受けた際に、すべての手がかりが消失した。けれど、きみのおじいちゃんはオーブという鍵の謎を解くことに貢献した。そして扉をさがしだすという考えに取り憑かれていた。失踪する直前、彼は大きな突破口をひらいたと話していた。そのあと、きみと父親が事故にあった。当然、きみのおじいちゃんは研究をすべてほっぽりだして、看病するため駆けつけた。その直後に彼は姿を消し、鉄の扉の奥にある部屋に入る最大のチャンスがうしなわれたんだ」スラッパートン先生が話した。

「だから、ほかに暗号を解いて扉をひらけそうな人をさがしはじめたわけですね？」ウィリアムは言った。

「そうだ。われわれは世界じゅうで暗号解読のコンテストを開催した。そうやって候補生を集めていったのだ。研究所のオーブはオリジナル品の複製だ。きみはきっとおじいちゃんから暗号解読の才能を受け継いでいるだろうと思ったから、居場所をつきとめるのに総力をあげた。しかし、まさかノルウェーに身をひそめていたとはな」ゴッフマンが言った。

「おじいちゃんは扉をひらくことができて、その中の……どこかにいると思いますか？」ウィリアムはたずねた。

「そう願っているよ」スラッパートン先生は恐ろしい秘密を打ち明けようとしているみたいに、さらに前のめりになった。「私の考えだと、きみのおじいちゃんは失踪するずっと前に扉を見つけて、もうひらいていたんじゃないだろうか。なんらかの理由があって、われわれに言わなかっただけで」

「それで、今度はぼくに扉をあけさせようと？」

「まずは扉を見つけんとな。きみのオーブが導いてくれるのではなかろうか。きみのおじいちゃんをさがすのは大事なことだが、扉の向こうにあるルリジウムがエイブラハムの手にわたらんよう保管することも重要な使命だ。もしもエイブラハムが先にルリジウムを入手したら、どんな大惨事になるか、説明するまでもないだろう」ゴッフマンは言った。

「でも、おじいちゃんがそこにいるとして、こんなに長いあいだ生き延びられるものでしょうか?」

「わからない。そう願うしかないな。きみのおじいちゃんは頭のいい人だから」スラッパートン先生が答えた。

「減速します」スピーカーを通して、マリンがアナウンスした。「あと三分で〈誤報センター〉に到着予定です」

第三十章

誤報センター

スラッパートン先生は、高いカウンターの奥に座る女の人が電話を終えるのを待っている。ウィリアムとゴッフマンは、すぐ後ろに立っていた。ライカは落ち着きなく目をキョロキョロさせながら、そのへんをうろつき回っている。この場所が気に入らないらしい。ウィリアムたちは、巨大なガラス張りの壁と街路に通じる回転ドアのある、広いロビーにいる。ロビーの中央には、噴水がそびえ立っていた。なんだか研究所の噴水に似ている。

受付カウンターの向こうにいる女の人は電話を終えた。受話器をおろし、愛想笑いを浮かべてスラッパートン先生を見あげている。

「ご用件は……?」女の人はたずねた。

「ウェルクロウ先生にお会いしたい」スラッパートン先生は告げた。

「失礼ですが、そのような名前の者は勤務しておりません」女の人は答えた。

スラッパートン先生はいらだち、ぐるっと目を回してみせた。「かんべんしてくれ。ここに来るたび、こんな茶番につきあわなきゃならないのか？」

「お目にかかるのははじめてです」女の人は丁寧な口調で言った。

スラッパートン先生はイライラしながら上着の内側に手をつっこむと、小さな惑星がデザインされた黒い財布を取りだした。財布をあけて一枚のカードを引っぱりだし、カウンターの女の人にわたす。相手はカードを受け取り、しばし確認したあとで、カードを返して受話器を取った。

「おかけください。彼女はすぐに参ります」

「ようこそ、ようこそ」と女性の大きな声が響いた。

ウィリアムが見あげると、ブーンと音を立てて突進してくるゴルフカートが目に入った。ただし、このカートにはタイヤがひとつもない。大きな黒いホバークラフトの底面はつるつるした床に接地し、すべるように動いている。

「ウェルクロウ先生」スラッパートン先生が声をかけた。

カートに乗った女の人はにっこりした。黒髪のショートヘアに、灰色のストライプ柄のワンピース。黒いサングラスをかけている。

ゴルフカートはロビー中央にある噴水の周りをぐるっと一周したあとで、ウィリアムたちの前で急停車した。

「うらやましい？」ウェルクロウ先生はスラッパートン先生を横目でちらっと見ながら、得意げに言う。「先週、手に入れたばかりなのよ」

「ホバークラフトの応用技術かな？」スラッパートン先生は質問した。

「反同位体ホバークラフト。β版よ」ウェルクロウ先生は誇らしげにほほえんでいる。

「なるほど」スラッパートン先生はうなずいた。

ウィリアムはウェルクロウ先生のサングラスを見つめている。ふちの部分からおでこへと、二本の細いワイヤーが伸びている。

「あれはどういうサングラスなんでしょう？」

ゴッフマンに顔をよせて、ウェルクロウ先生にきこえないよう、ひそひそと話しかける。

「ウェルクロウ先生は目が見えないんだが、あのサングラスのおかげで見ることができるんだ」ゴッフマンはささやき返した。

「人にきかれずに話せる場所はないかな？」スラッパートン先生はたずねた。

ウェルクロウ先生は真剣な顔つきになった。「どうやら、ちょっと遊びに来たというわけじゃなさそうね」小声でそう言うと、一八〇度回転した。「みなさん、どうぞ乗って」

ホバークラフトは恐ろしいほどのスピードで走り、やがて〈非可聴室〉と書かれたドアの前で止まった。

「さあ、どうぞ」ウェルクロウ先生はドアをあけ、みんなを中に通した。ふたりの運転手とライカだけは外に残っている。

部屋の中はからっぽだった。壁面はソファのクッション材に似たものでおおわれている。ウェルクロウ先生は人さし指を唇にあてて、まだしゃべらないようにと合図した。壁の制御盤のところに歩いていくと、いくつかボタンを押す。天井のすぐ下に取りつけられたスピーカーから、ザーザーという小さな音が流れてきた。

「知的音声除去システム。これでもう話してもきかれる心配はないわ」ウェルクロウ先生はスピーカーにあごをしゃくってみせた。

ウェルクロウ先生は三人の訪問者をながめたあとで、ウィリアムをじっと見すえた。「この子がそうなの？」

「そうだ」スラッパートン先生が答える。

「前にも会ったわね。知ってた？」

「いいえ」ウィリアムは首をふった。

「あなたは生まれたての赤ちゃんだったものね。もちろん、わたしもそのころはまだ目が見えていたわ。本当にかわいい赤ちゃんだった」ウェルクロウ先生は口をつぐみ、スラッパートン先生のほうを向く。「何があったの？」

「あれに見つかった」スラッパートン先生はささやいた。

「そういうことだと思ったわ」ウェルクロウ先生は深刻な声で言った。「いつかはこの日が来るとわかっていたんだから。あの鉄の扉をさがすつもり？」

「ああ。だが、明日までいられる場所が必要だ」スラッパートン先生は話した。

ウェルクロウ先生がキーパッドにコードを入力すると、シューッと音を立てて非可聴室のドアがまたひらいた。「あなたたちの安全を確保しないとね」そう言って、部屋から出るようウィリアムを手招いた。

ホバークラフトは長い廊下をとんでもないスピードで飛ばしていく。ウェルクロウ先生はポケットから電話を取りだし、番号をプッシュした。

「わたしよ。地下室へ向かってる。コード・イレブン発生。そう、コード・イレブン。いいえ、

「これは訓練じゃない」

間髪を入れずに、警報器が鳴りはじめた。

建物のあちこちで重い扉が勢いよく閉まる音が響きわたる。廊下の電灯がちらちら揺れて薄暗くなったあと、明かりは安定した。

「内部電力に切り替えたせいよ。これでこの建物は正式に世界から切りはなされた」ウェルクロウ先生は言った。

「長いこと、この地下室を使う必要はなかったけど、定期的に最新の状態にしてあるから」地下室に到着すると、ウェルクロウ先生は説明した。「ひとりひと部屋使って。外からは侵入できないけど、何かあれば簡単に出られる構造になってる。各部屋にある非常口から、建物の外にすぐ出られるわ。ただし使うのは緊急時だけだってこと、言わなくてもわかるわよね」

「もちろん」スラッパートン先生は不安そうな目でゴッフマンを見た。

第三十一章　ホログラムが語る真実

ウィリアムは小さな部屋のベッドに横になっている。その目は、横の壁の赤いくぐり戸にすえられている。そこには「非常口」と大きな黒い文字で書かれていた。列車の中で知ったさまざまな情報で、頭の中がぐるぐるしている。両手でオーブを握り、胸の上にのせた。なぜだかわからないけど、そうしていると安心できた。

スラッパートン先生とゴッフマンの話は信用できるんだろうか？　考えるだけで、めまいがしてくる。

マットレスはかたかったけど、それでも眠気が襲ってきた。頭がぼんやりして、目をあけているのもやっとになり、ついにウィリアムはまぶたを閉じた。

「ウィリアム」とささやく声がした。

ウィリアムはベッドに身を起こした。すっかり眠りこんでいた。ごしごしと目をこすり、細くした目で部屋の中を見まわす。部屋の真ん中に、立っている人の輪郭がある。その人の姿は、かすかにちらついている。そしてとつぜん消えたかと思うと、また現れた。ホログラムだ！

「ウィリアム」声がくり返した。

ウィリアムは目を疑いながら、じっと見つめている。まさか本当に……？

「おじいちゃん？」

ホログラムは返事をしなかった。これはたぶん録画なんだろう。ウィリアムは立ちあがり、おそるおそる近づいた。写真の中と同じ顔。本当におじいちゃんなんだ。

「ウィリアム、これを見るころ、おまえがいくつになっているのかわからないし、どこまでもう知っているのかもわからない。しかし、ここに来たということは、ある程度は事情を把握しているはずだ。まずは、わかりきったことからはじめよう。私の名前はトバイアス・ウェントン。おまえのおじいちゃんだ」おじいちゃんはひとつ深呼吸した。「おまえは秘密に囲まれて育った。何がどうなっているのか、疑問に思うことも多かっただろう。すべての事情を教えないことには、フェアとは言えまい。私のために大事なことをたのもうとしているとあれば、なおさらだ」

おじいちゃんは少し間を置いてから、話を続けた。

「おまえが三歳半のころ、おまえと父親は大きな交通事故にあった。おまえは脊椎に損傷を受けた――正確には、粉砕骨折したと言うべきか。事故当時、私はチベットで発掘作業中だった。すべてを投げだし、最初の便でロンドンにもどった。おまえの父親は首の骨折で昏睡状態にあり、おまえは……医師にできることは何もなく、ただモルヒネを投与して自然の流れに任せるしかなかった。私は何かせずにはいられなかった――選択の余地はなかった。おまえを救うためにできることは、ひとつしかなかった」

そこでまた口をつぐんだ。

「研究所はあれを決してわたしてくれないだろうとわかっていた。保管室から持っていかせはしないだろうと。私や、私の孫のためだとしても。だから、残された選択肢はひとつしかなかった。盗むしかなかったのだ。ルリジウムを与えると、おまえは回復した。しかし、研究所は私をつかまえようとした。エイブラハム・タリーもだ。私は包囲攻撃を受けた。苦労して見つけだした貴重なルリジウムを盗んだのだ。私は逃げなければならなかった。おまえから注意をそらすために」

おじいちゃんは眼鏡を直した。

「おまえにルリジウムを与えることで、研究所と私が必死に防ごうとしていた事態を招くのは承知していた。ルリジウムは人間の体に広まっていき、最終的には……。

人体の組織に入ると、ルリジウムは体の傷ついた部分を占有する。おまえの場合、脊椎と脳だ。事故にあう前から、おまえには暗号解読の才能があることはわかっていた。ルリジウムを取りこんだあとは、この才能が百倍にもなったはずだ。ウィリアム、おまえはこうして世界一の暗号解読者になった。だから警戒を怠らんようにな。おまえを利用したいと思う人間がおおぜいいる。ルリジウムがなければ生き延びられなかっただろうが、おまえは自分が思っているようなただの人間じゃない……四十九パーセント、ルリジウムなのだ」

ウィリアムの目の前が真っ暗になった。脚に力が入らず、崩れ落ちてひざをつく。信じられない。本当にぼくの体の中にはルリジウムが混じっているのか？　両手を見つめた。ショックでふるえているほかは、いたって普通に見える。疑問だらけで頭が爆発しそうだ。ウィリアムはおじいちゃんを見あげた。

「なかなか気持ちの整理がつかないだろう」おじいちゃんは話を続けた。「時間をかけて、少しずつ理解すればいい」

「でも――でも、どうすれば？」ウィリアムはまだショックで呆然としている。「ぼくの体がルリジウムで満ちているなんて、どうすればそんなことが？　ぼくはいまでも……ぼくのままなのに」

話しかけている相手はホログラムで、返事がかえってこないことはわかっていた。それでも、きかずにはいられなかった。自分自身のために、声にだして言わずにはいられなかった。

しばらくのあいだ、ホログラムはそれ以上何も言わなかった。おじいちゃんはぼくに、受け止める時間を与えようとしているみたいだ。じっくり考える時間を。

やがて、おじいちゃんはほほえんで、また話しはじめた。「私への質問が山ほどあるだろうな。だが、あせることはない。いまはもっと差し迫った問題がある」

おじいちゃんの言うとおりだ。いまは質問しても無駄だ。集中しないと。これからもっと重要な情報が明かされようとしていることを、ウィリアムは感じ取っていた。

「そんなわけで、おまえはほかの誰ともちがう。特別な才能があるのだ。暗号解読の」おじいちゃんはまただまりこんだ。眼鏡をはずすと、シャツのそでで拭いてから、かけ直した。

「いいか、エイブラハムはおまえの体内にあるルリジウムを手に入れたがっている。もしもあの男がおまえを見つけたら……」おじいちゃんはそこで言葉を切った。どうなるか考えただけでも、呆然としてしまうみたいに。

「いま、おまえにとって何より重要なのは、私を見つけることだ。私の体は、ヴィクトリア駅の地下深くにあるトンネル内の、秘密の隠れ場所に冷凍保存されている」ホログラムは電力がなくなりかけているかのように、わずかに明滅した。

「必ずひとりで来なさい。誰も信用してはならん。おまえの能力を使って、私を見つけてくれ。自分を解きはなち、体内のルリジウムの導きに従うのだ。オーブも持ってくるんだぞ。オーブがなければ、中に入ることはできないはずだ」

ホログラムが雑音を立てて、また明滅した。

「大きな鉄の扉の奥にある、極低温保存室をさがしてくれ。中に入るには、扉の暗号を解読する必要がある。それができるのは、私以外にはおまえしかいないはずだ。そこには十の冷凍保存タンクがある。七番のタンク以外は、決して解凍するんじゃないぞ」おじいちゃんはまた間を置いて、真剣な顔つきになった。「七番だ」しっかり記憶させるように、もう一度くり返した。

部屋の明かりがまたたいた。おじいちゃんのホログラムは、ちらちらと二、三度ふるえたあとで、パッと消えてしまった。

「おじいちゃん？」呼びかけても、返事はない。ウィリアムは部屋の真ん中に呆然と立ちつくしていた。これは事実なんだろうか？　ぼくの四十九パーセントが知的金属だなんて。言い換えれば、マシンの一種だなんて。

ふるえる手で顔に触れた。前と同じ、人間だ。新鮮な空気が吸いたかった。

この部屋から外に出ないと。ウィリアムの目は、壁の赤い非常口に向けられた。

第三十二章 イスキア

ウィリアムは顔から雪につっこんでいった。倒れたまま、ゼエゼエと息をあえがせる。どれだけのあいだ走っていたのかも、どれだけ遠くまで来たのかもわからない。誤報センターをぬけだしたあと、ほとんど後ろはふり返らなかった。非常口から暗い裏通りに勢いよく飛びだしてから、ただひたすらに走り続けた。

この一時間は雪がはげしく降っていて、薄いツイードのジャケットでは体が冷えてきた。ここに来るまでは除雪車とタクシーしか見かけなかったけれど、いまでは通りに人があふれている。

ようやく呼吸が落ち着くと、体を起こした。ここは大きな公園だ。人々がせわしなく通り過ぎていく。

ふいに後ろから声をかけられた。「ウィリアム」

ききおぼえのある声にふり返る。

「イスキア?」

イスキアはウィリアムに手を貸して立ちあがらせ、そのまま引っぱっていく。「行くよ」とイスキアはささやいた。

それからしばらくして、ウィリアムとイスキアは小さなカフェに座っていた。天井のスピーカーから、心地よいピアノ曲が流れている。朝のコーヒーを買う人が列をつくり、カフェは半分以上埋まっていた。ウィリアムとイスキアは、窓辺の静かな一角に座っている。イスキアは窓の外をじっと見つめたままで、まるで誰かが来るのを待っているみたいだ。あるいは、おびえているのか。

ウィリアムは両手を腿にこすりつけ、指の感覚がもどってくるのを感じていた。そこへ、にこにこしながらウェイトレスがやってきた。

「ご注文は?」

「えっと」ウィリアムは咳ばらいをした。「じつはお金が——」

「お金ならあるよ」イスキアはウェイトレスを見あげ、注文する。「ホイップクリームを添えた大きなパンケーキ二枚と、ホットチョコレートをふたつ。ホットチョコレートにもホイップクリームをのせてもらえますか?」

ウェイトレスは注文を書きつけると、テーブルをはなれた。

ふたりはしばらく、無言のまま座っていた。ウィリアムは店内を見まわした。

何もかもが、正常そのものだ。

「ここで何をしてるの？」ウィリアムはたずねた。

「あたし、逃げたんだ」イスキアはちょっと不安そうな声で答える。

「なんで？」

「そのことは話したくない」

「どうやってぼくを見つけたの？」

「それなら、たいして難しいことじゃなかった。真空列車に乗って誤報センターに行くっていうのは、研究所が襲撃されたときの標準的な手順だから」

ウィリアムはとまどっている。あまりにも単純すぎやしないだろうか。こんなにあっけなく見つかるなんて。イスキアを本当に信用していいんだろうか？　もっとくわしく知りたかった。

「研究所が襲撃されるのは、よくあること？」

「ううん。少なくとも、あたしが研究所に来てからは一度もない」

「じゃあ、なんで真空列車のことを知ってるのさ？」

「規則を読んだから」イスキアはいたずらっぽい笑みを浮かべた。「あたしを疑ってるの？」

ウィリアムは返事をせず、ただイスキアを見つめていた。向こうはちょっともじもじしている。何か言わなきゃと思っているみたいに。

「襲撃を受けたあと、あんたとゴッフマンとスラッパートン先生がとつぜん姿を消したから、真空列車でロンドンに逃げたんだろうなって思った。で、あとを追うことにしたわけ」

ウィリアムはひとまず、疑うのはやめることにした。イスキアがここにいてくれて嬉しかった。

「みんなはどうしてる？　怪我人は出なかった？」ウィリアムはたずねた。

「襲撃してきたやつは、あのあとすぐにいなくなったの。狙いはあんたたちだけだったみたい。なんでなのか、心当たりはない？」

ウィリアムは首をふり、カフェのテーブルを見おろした。

「ねえ、大丈夫？」イスキアは心配そうな声だ。

「うん」ウィリアムは目を合わせずに言った。

イスキアに何もかも打ち明けたくてたまらなかった。マシンみたいに、自分の一部が金属だということを。誰かに話したかったけど、それはできない。おじいちゃんは誰にも話すなと言っていた。それに、イスキアがどんな反応を示すのかわからない。

　イスキアの顔を見あげた。ファイルを見つけたときの奇妙な態度について、ふと思いだした。イスキアに会うのはあれ以来だ。

「ききたいことがあるんだけど」ウィリアムは切りだした。

「何？」

「この前、研究所で――ファイルを見つけたときのことをおぼえてる？」

　イスキアの顔から笑みが消えた。何かいやなことを急に思いだしたとでもいうように。

「なんであんな反応だったの？」

　イスキアはテーブルの小さなひび割れを爪でカリカリと引っ掻いている。

「話したくない。話さなくてもいい？」イスキアは小さな声で言った。

「わかったよ。でも――」

　ウィリアムが言いかけたとき、ほかほかのパンケーキと、ふたつの大きなカップに入ったホットチョコレートが運ばれてきた。ウェイトレスはふたりにほほえみかけながら、注文の品をテーブルに並べていく。

「召しあがれ！」ウェイトレスはそう言って、テーブルをあとにした。

料理が運ばれてきて、ウィリアムはありがたかった。おなかがペコペコだったし、会話が重くなりすぎていた。ひと口食べて、目を閉じる。一瞬、自分が遠くにいるところを想像した。まるで家に帰ったみたいだ。母さんはいつも日曜の朝食にパンケーキを焼いてくれた。ホットチョコレートをゴクリと飲むと、体中に温かさが広がっていく。目をあけると、イスキアにほほえんでみせた。イスキアもほほえみ返した。

「なんでひとりなの？　ほかの人たちは？」パンケーキをひと口食べながら、イスキアはたずねた。

ウィリアムはためらった。どう答えればいいのかわからない。イスキアを信用できるだろうか？　イスキアがファイルを見つけて妙な態度を取ったあと、ゴッフマンは彼女と話をしたがっていた。でも、イスキアを信用できなければ、ほかに誰を信用できるっていうんだ？

ウィリアムは真実の一部を打ち明けることにした。

「逃げたんだ。きみと同じで」そう言って、弱々しくほほえんだ。

「逃げた？　なんで？　それって、あんたのおじいちゃんと何か関係があるの？　アーカイブでファイルの中に何か見つけた？」

「うん、おじいちゃんと関係がある」ウィリアムは言いよどんだ。「ぼくは追われてるんだ」

「誰(だれ)に？」

「くわしいことは言えないんだよ。もう少し時間がたてば話せるかもしれない。いろんなことが落ち着いたら」

「でも、どうするつもり？　ひとりでロンドンを逃(に)げ回(まわ)る気なの？」

「おじいちゃんをさがさないと。おじいちゃんは――」

ウィリアムはハッとして口をつぐんだ。カフェの外の歩道に、ひとりのおばあさんが立っている。見てすぐわかった。研究所にいたおばあさんだ。いまとなっては、その正体がふたりの運転手だとわかっている。

「行こう」ウィリアムはイスキアの手を取った。「見つかった」

第三十三章 ヴィクトリア駅

永遠にも思われるほど長いこと走り続けたあと、ウィリアムとイスキアはヴィクトリア駅の正面入口の前でやっと足を止めた。ウィリアムは顔の汗を拭き、あたりの様子をながめた。

「あそこにいる」イスキアが通りの反対側を指さし、ひそひそ言った。

確かに、おばあさんが歩道の人ごみをかきわけてやってきている。おばあさんは道路に飛びだし、ウィリアムをじっと見すえた。走ってきたバスが轢きそうになって、急ブレーキをかけたけれど、おばあさんは何事もなかったみたいに道路をわたり続けている。

「行こう」ウィリアムはイスキアの手を引いた。

ヴィクトリア駅の地下鉄へと階段を駆けおり、すぐにコンコースの人ごみにまぎれた。ふたりは自動改札機の前で立ち止まった。

「どうやって通りぬけよう？」ウィリアムはそわそわと後ろを気にしながら言った。

「見てて」イスキアが言い、改札機に向かうスーツ姿の太った男の人についていく。男の人が

ＩＣカードを読み取り機にタッチすると、イスキアはすぐあとに続いて、改札が閉じる前に通りぬけた。

「あそこ！」イスキアがおばあさんを指さした。ウィリアムの後ろにある階段を降りてきている。

ウィリアムは助走をつけて、車椅子やベビーカー専用の改札機を飛びこえた。背後から男の低い怒鳴り声が響く。「おい、待て！」

ふり返ると、駅の警備員がこっちを見ている。

「ウィリアム、走って！」イスキアがさけんだ。

イスキアは地下深くへと下っていくエスカレーターめざして駆けだした。ウィリアムもあとに続く。

エスカレーターは混雑していて、カタツムリ並にのろのろしか進まないようだ。ウィリアムは後ろをふり返った。警備員はいなくなっていたけど、おばあさんはすぐあとから来ている。杖を使って人ごみをかきわけ、危険なほどすぐそばまで迫っている。

「こっちだ！」ウィリアムはふたつのエスカレーターのあいだにある、高くなった中央のスペースによじのぼった。脚を前に伸ばして座り、すべり降りる。イスキアも同じことをした。

速い。

ちょっとばかり速すぎた。

まずウィリアムが着地し、エスカレーターの下でバイオリンを演奏していた男の人につっこんでいった。ふたりとも地面に倒れ、バイオリンが床の上をすべっていく。

「ごめん、ごめんなさい！」ウィリアムは立ちあがりながら謝った。バイオリン弾きは呆然としながら立ちあがり、キョロキョロとバイオリンをさがしている。

「あぶない！」イスキアがさけびながら突進してくる。

ウィリアムは急いでバイオリンを拾いあげると、バイオリン弾きに手わたした。

「ごめんなさい」ウィリアムはもう一度謝ったあとで、イスキアとふたりでホームの人ごみの中にまぎれた。

「体を低くして！」ウィリアムがささやいた。

ウィリアムとイスキアはきたないホームの床に手足をついて、這い進んだ。やがてウィリアムは進むのをやめた。

「あの音」

地下鉄の電車が近づいてくる音だ。ふたりは警戒しながら立ちあがり、ホームの端へと急いだ。と、ウィリアムはあるものを目に留めた。小さくて光っていて——動いている。立ち止まってあたりを見まわしたけれど、もう消えていた。気のせいか？　いや、また現れた。そして、前にいる人たちの足のあいだをチョロチョロと動き回り、姿を消した。

「どうかした？」イスキアがたずねた。

「何か見えた気がしたんだけど……」ウィリアムは言いかけて、口をつぐんだ。ホームのすぐそこに書類かばんが置かれていて、その後ろからのぞいている生き物を見つけたのだ。「あのときの甲虫なのか？」ウィリアムは声をあげた。

小さな甲虫は、こっちにジグザグに近づいてきた。

「あれはなんなの？」イスキアがひそひそ言った。

「家族が襲撃される直前に、ぼくの部屋にやってきた甲虫だよ」ウィリアムは話した。

「襲撃？」イスキアはくり返す。

ウィリアムが見ていると、甲虫はぴょんぴょん跳びはねたあと、向きを変えてホームの端へと急いでいく。

「こいつのおかげで、逃げだせたんだ。今度もぼくらを助けようとしてるのかな？」

電車が轟音を響かせてホームに入ってきて、ドアがひらき、人々がどっと降りてくる。甲虫はブーンと羽音を立てて電車の中に入っていき、乗客の足のあいだに姿を消した。

「ぼくらも乗ろう」ウィリアムは言った。

ふたりは人ごみをかきわけて、いちばん端の車両に乗りこんだ。後ろをちらりと見やると、おばあさんがひじで人を押しのけて、同じ車両に乗りこむところだった。ドアが閉まり、電車は動きだした。

ウィリアムはイスキアの横にうずくまり、ささやいた。「おばあさんが乗ってる。同じ車両にいる」

「どうしよう?」イスキアがささやき返す。

小さな甲虫がふたりの前に現れ、指示を待っているみたいに飛びまわる。ウィリアムはそろそろと立ちあがった。おばあさんはドアのそばに立ち、細くした目でゆっくりと乗客の顔を確かめている。ウィリアムはさっとまたしゃがんだ。

「この電車から降りなきゃ。おばあさんはドアのそばにいる。つぎの停車駅で乗客が降りたら、もう隠れようがない」

「だけど、おばあさんがドアの前にいるんだったら、どうやって降りればいいの?」

ウィリアムは考えこんだ。すると、あることを思いついた。「ついてきて。ほかに手はない。

こうするしかなさそうだ」ウィリアムは車両の端にある無人の運転室へのドアをあけた。イスキアもついてくる。その先のドアは、電車の最後部から外へと通じている。小さな甲虫はふたりの横でそわそわと動き回っている。

「正気なの？　フルスピードで走行中の電車から飛びおりるつもり？」イスキアがわめいた。

「ほかにいい考えがあるのか？」

ウィリアムは最後のドアをあけ、火花を散らしているレールを見おろした。電気が流れている真ん中のレールとレールのあいだにはすきまがある。甲虫がウィリアムのズボンをよじのぼっていき、ツイードのジャケットのポケットにもぐりこんだ。

「行こう。三つ数えたら飛ぶんだ」ウィリアムはイスキアの手を握った。「一……二……三……」

真ん中のレールとレールのあいだに着地できるよう、ふたりそろってまっすぐ飛びおりた。

「やった！」ウィリアムは立ちあがり、無事を確認した。「緊急脱出っていうのは、このことだね」

「そうね、たぶん感電死はしてなさそう」イスキアは手から火花が出ていないか確かめた。

「逃げきれたみたいだ」ウィリアムはふるえ声で言った。電車は暗闇の中へと吸い込まれていく。

「本当にそうだといいけど。これからどうする？」

ウィリアムはトンネルをながめた。

壁（かべ）には煤（すす）をかぶった小さなランプが取りつけられていて、かろうじてあたりの様子が見て取れるだけの光を照らしている。天井（てんじょう）から何かが垂（た）れていて、空気はじめじめして、古びたかび臭（くさ）さが漂（ただよ）っている。

ふいにイスキアがウィリアムの腕（うで）をつかんだ。恐怖（きょうふ）に目を見ひらいている。

「ウィリアム」声をふるわせ、電車が去っていった方向を指さしている。

ウィリアムがふり返ると、おばあさんがこっちに歩いてくるのが見えた。

第三十四章 地下の暗号

「行こう、まだ気づかれてない！」ウィリアムはささやき、反対方向へイスキアを引っぱっていく。ふたりは走りだした。

しばらくして、ウィリアムはストップをかけた。暗いトンネルを見まわす。目の前の壁にひとつ、よごれたライトがあるだけで、あたり一帯が闇に包まれている。ふたりとも汗びっしょりだ。となりでイスキアは身を折って、呼吸を整えようとしている。薄明かりのもとで何か動くのが見えて、イスキアはそこからじりじりとはなれた。丸々太ったネズミが線路を横切り、壁の裂け目に消えるのを見て、ウィリアムは飛びすさった。

「ネズミはだいっきらい」イスキアは苦々しげに言った。

歩きだそうとしたとき、ウィリアムはある音を耳にした。その音はイスキアにもきこえていた。「ゴトゴトいってない？」

暗闇の中から、ひんやりしたすきま風が吹きつけてくる。ゴトゴトいう音は、次第に大きくなっている。いまでは地面が震動しているのが感じ取れた。

「電車だ」ウィリアムは静かにつぶやき、避難する場所がないか、さがそうとした。

「轢き殺されちゃう！」威嚇するように近づいてくるふたつの光る点を指さしながら、イスキアがさけんだ。

いまやトンネルの地面は本格的に揺れている。ウィリアムはパニックになりかけたけど、必死に抑えようとした。

「電車から逃げなきゃ！」イスキアはウィリアムの腕を引っぱった。

「どこへ？」やってくる電車のとどろきに負けないよう、ウィリアムは声を張りあげた。もう電車の正面部分がはっきり見えている。距離は三十メートル足らずだ。

「壁に貼りつく？」イスキアは提案した。

「じゅうぶんなすきまがないよ。それだと電車にぶつかる」

「急いで！」イスキアは死にものぐるいでウィリアムを手招きしている。

ふたりはまた駆けだしたけれど、砂利とレールのせいで走るのもままならない。一歩進むごとに電車は近づいている。

「運転士に手をふって！　電車を止めてくれるかも！」イスキアがさけんだ。

「もう間に合わない！」ウィリアムはさけび返した。

「じゃあ、あたしたちミンチ肉になっちゃうよ！」イスキアの目に、いまでは恐怖が浮かんでいる。

そのとき、ウィリアムは思いついた——オーブだ！　上着のポケットにいまも入ってる。一か八かの賭けだ。でも、打てる手はこれしかない。走りながらオーブを取りだし、ひっくり返す。急にディスプレイ画面が点灯し、数字の4が表示される。フレディとの対決中に到達したレベルだ。

「何してるの？」イスキアが大声をだした。

ウィリアムは走ったまま肩越しにオーブを投げた。ふり返ると、オーブが空中に小さく跳ねあがるのが見えた。と、青い光のビームが放出され、フレディのオーブからウィリアムを守ってくれたのと同じようなバリアをつくりだしている。電車はオーブを前へ押しやりながら、バリアにぶつかった。

「スピードが落ちてる！」イスキアが声をあげた。

ウィリアムが見つめる前で、電車は減速し、ついには完全に停止した。

「やった！　オーブを拾って。人が出てきちゃう」イスキアは電車を指さした。バリアの向こうにぼんやりと乗客の姿が見て取れる。「つかまったら、すごくまずいことになるよ」

ウィリアムがオーブをつかむと、光のバリアは消えうせた。同時に電車のドアがひらき、制服姿の男性が現れた。

「おい！」制服の男性はさけんだ。


ウィリアムとイスキアは、これ以上は走れなかった。ウィリアムは野生動物みたいにゼエゼエあえいでいる。肺が破裂しそうだ。

「つぎはどうする？」イスキアがたずねた。

「そうだな、トンネルの中をずっとうろつき回るわけにもいかないし。フルスピードで走る電車をよけてたらキリがない。オーブが導いてくれるって言ってたけど」ウィリアムはブツブツつぶやいた。

「言ってたって、誰が？」

「おじいちゃんが」

「おじいちゃんと話したの？」

「うん。まあ、ある意味で」ウィリアムは答え、イスキアと正面から向き合った。「ホログラムだったんだ。ゆうべ現れた」そこで言いよどんだ。「おじいちゃんはこの地下のどこかに冷凍保存されてる。見つけて自由にしたいんだ」

「冷凍保存？」

「そう」ウィリアムはポケットからオーブを取りだした。イスキアはつまずき、暗いトンネルをながめた。

「来たくなければ、来なくてかまわない。きっと危険なことになる」ウィリアムはふたたびイスキアを見つめた。

「ほかにすることもないし。第一、ここで別れてあのおばあさんと出くわすのはいやだもん。あと、電車もね」イスキアは答えた。

「こいつを解かなきゃ」ウィリアムは目を閉じ、オーブに意識を集中する。

「それ、いまやるの？　こんなとこで？」イスキアの声がきこえた。

ウィリアムは待った。

何も起こらない。

神経を集中させた。やり遂げなきゃいけないんだ。つぎのレベルに到達しないと。本能を信じるしかない。

「ちょっと。べつの電車の音がするみたいだけど」イスキアが言う。

「邪魔しないでくれるかな」ウィリアムはイライラしている。「集中したいんだ」

つぎの瞬間、なじみある感覚がおとずれ、おへその下のかすかな痛みのように、お腹から広がっていく。ざわざわする感じが次第に強まり、背骨をのぼっていき、頭へと広がっていく。

ウィリアムの指が動きだす。**カチッ……カチッ……カチッ**。

目をあけると、オーブに刻まれたばらばらのシンボルすべてが、目の前に浮かんでいるのが見えた。まぶしいほど輝いているものもあれば、背景にまぎれているものもある。見おろすと、両手がすばやく動いている。その動きはどんどん速くなっていく。オーブがカチカチいう音以外は、もう何もきこえない。

カチッ……カチッ……カチッ……カチッ。

手の動きがぴたりと止まり、シンボルは吸いこまれるようにして、ふたたびオーブの表面に静かにおさまった。

オーブはウィリアムの手から浮きあがった。空中に浮かんで、右に左に回転し、方角を定めようとしている。青い光が解きはなたれ、壁や天井をすばやくたどっていく。光が消えると、オーブはトンネルを飛びながら進みはじめた。ふたりが来るのを待つつもりはなさそうだ。

「行こう」ウィリアムはあとを追いかけた。

オーブは、果てしなく続く迷宮のような、使われていない古いトンネルの中を導いていき、角を曲がったところで止まった。

そこにあるものを見て、ウィリアムは凍りついた。イスキアがとなりで足を止める。

「だまされた！」イスキアは怒っている。

ふたりの前にあるのは、よごれたレンガの壁だけだ。

「ちがう！　見てよ！　オーブはぼくらをまだ進ませたがってる」ウィリアムは言った。

オーブはまっすぐ前へとゆっくり進み続け、壁にあたると動きを止めた。

ゴツン……ゴツン……ゴツン。オーブは壁を通りぬけようとしているみたいだ。

「だまされたとは思えない」ウィリアムはざらざらした壁の表面に手を触れた。「古い壁だ」

ゴッフマンが話していた封鎖されたトンネルについて思いだした。「ここだ。きっとそうだよ」ウィリアムは二、三歩あとずさりした。

おじいちゃんがこの壁を見つけたんだとしたら、どうにかして通りぬけたはずだ。

「なんでこの場所なの？　なんでこの壁なの？　同じような壁の前を山ほど通り過ぎてきたのに」イスキアは言い、ウィリアムと同じように壁の表面に触れた。「このどこかに本当に秘密の扉があると思うの？」

　ウィリアムはオーブが浮かんでいる足元の地面を見おろし、砂利の中から何かがつき出ているのに気づいた。鋼でできたハンドルのようだ。うずくまり、地面を掘りはじめる。

「見て！　ここに何かあるよ」ウィリアムがさけぶと、イスキアはとなりにひざまずいて手伝いはじめた。

「何かのふたみたいだ」砂利をすっかり取りのぞいてしまうと、ウィリアムは言った。マンホールのふたに似たものに手を走らせる。

「まさか下水道に降りるつもり？」イスキアは鼻にしわを寄せている。

「下水道じゃないと思うよ。そこまで古そうじゃないし。おじいちゃんはこうして掘って中に入ったのかも」ウィリアムはふたを持ちあげようとした。びくともしない。「手を貸して！」

　ふたりで力いっぱい引っぱったけれど、ふたはあかない。

「どうかした？」ウィリアムが何かに気を取られているのを見て、イスキアはたずねた。

「あれを見てよ！」ウィリアムはふたにずらりと刻まれたシンボルを指さした。

　そのシンボルは見てすぐにわかった。前にも見たことがある。何度も。ポケットに手を入れ、おじいちゃんの机を写した古い写真を取りだした。

「なるほど、そうか」そう言って、ふたをふちどる鋼の枠から砂利を払いのけていく。細い一本の線が見えてきた。「持ちあげるんじゃない。回転させるんだ。このふた全体が一種のダイヤル錠になってるんだよ。解けるかやってみよう」

ウィリアムは写真に目をもどし、机に刻まれたシンボルの順番を確かめる。この推理が正しいことを願った。無駄にしている時間はない。

「左へ」写真をポケットにしまい、ハンドルをつかむ。

イスキアもハンドルをつかんだ。回してみると、玉軸受で支えられているみたいに、おどろくほど簡単に動いた。最初のシンボルがマークに重なると、この大きな錠の奥深くからカチンと音がした。

ふたりはすべてのシンボルを左右に回していった。次第に動かすのが大変になってくる。あと一度、左に回すだけだ。ウィリアムはハンドルを回そうとした。いままではなかなか動いてくれず、手がすっかり疲れていて、もうやり遂げられそうにない。

「見て！」イスキアがさけび、暗闇を指さした。

顔をあげると、心臓が止まりそうになった。

闇の中から、人が近づいてくる。あのおばあさんだ。けれどその動きは、もはやおばあさんのものではない。まるで短距離走者みたいに、恐ろしい速さで線路の上を走っている。

「嘘だろ！」ウィリアムはさけんだ。

力いっぱいふたを回す。イスキアとふたりで、どうにかほんの少し動かすことができた。けれど、最後のシンボルまで届くほどじゃない。ウィリアムはおばあさんを見た。もう五十メートルほどの距離にいる。とつぜん、おばあさんの体は走りながらふたつに分裂して、またもやふたりの運転手に変身した。

ウィリアムは残されているありったけの力をふりしぼった。おじいちゃんのことと、あと少しでついにおじいちゃんを見つけられそうなことに意識を集中すると、アドレナリンが血管を一気に駆けめぐるのを感じ、命がかかっているみたいにハンドルを回した。

ふたがかすかな軋みを立てたかと思うと……砂ぼこりを舞いあげてバタンとひらく。金属のさびたはしごが闇の中へと伸びて見えなくなっている。

ウィリアムはイスキアの手をつかみ、穴のほうへ引っぱった。

「入って！」

イスキアは飛びこんだ。いきなり甲虫がウィリアムのポケットから飛びだし、イスキアを追って穴を降りていく。

ウィリアムは浮(う)かんでいるオーブをつかみ、最後にもう一度だけふたりの運転手を見やった。

運転手たちは、襲(おそ)いかかる二頭のトラみたいに飛びかかってくる。

ウィリアムは暗い穴(あな)の中に入り、ふたを閉(し)めた。

第三十五章　トンネル

「イスキア？」ウィリアムはささやいた。

見通せないほどの暗闇だ。きこえるのは、頭上の大きなふたを運転手がバンバン叩いている音だけ。

あの運転手たちには暗号を解読することはできないだろう、とウィリアムは思った。けれど、こうして入口の場所をつきとめたからには、なんらかの武器や道具を使って通りぬけようとするかもしれない。ぐずぐずしてはいられない。

「イスキア？」もう一度呼びかけた。やっぱり返事はない。

暗闇の中に足を踏みだす。歩くたびに、砂利と砂を踏みしめる音がする。岩の壁に手を触れ、それをたどりながら進んでいくと、べつの壁が行く手をふさいだ。パニックがわき起こる。閉鎖空間は苦手だ。呼吸が荒くなっていく。この地下は、地下鉄のトンネル内よりさらに息苦しい。

「イスキア、どこにいる？」今度はもう少し大きな声で呼びかけた。

「こっち、上」どこか上のほうから声がした。「はしごがあるよ！」

手さぐりしていくと、上へと伸びているはしごの横木を見つけた。ウィリアムはのぼりはじめた。

イスキアは天然石の壁のそばに立ち、石の表面をなでている。甲虫は甘えるようにイスキアの脚に体をすりつけている。

「綺麗じゃない？」イスキアは壁を見ながらうっとりと言う。

ウィリアムは、岩肌から放射されている淡いブルーの光を見つめた。この光は前にも見たことがある。研究所の地下室で、スラッパートン先生が見せてくれた容器の中に。全身がふるえはじめた。きっとおじいちゃんはすぐ近くにいる。

「あれを見て」イスキアは天井から吊り下がったコードを指さした。

「ランプかな？」ウィリアムは近づいた。岩肌から照らされる青い光のおかげで、あたりの様子が見える程度の明るさはある。

「どこかにスイッチがあるんじゃない？」イスキアが言った。

ウィリアムはあたりを見まわした。運転手がふたを叩く音が遠くにきこえている。

「時間があまりなさそうだ……」ウィリアムはつぶやく。

「ビンゴ！」

イスキアがスイッチを入れると、ひとつだけの電球が点き、ウィリアムは身震いした。ふたりは未完成のトンネルの真ん中に立っていた。古びた木材の梁がそこらに転がり、錆びたつるはしが何本か壁にもたれて置いてある。トンネルの端は崩れて瓦礫の山になっている。

「ここだ」ウィリアムはささやいた。

「これ、なんだろう？」

イスキアは、壁の側面に留められた、ほこりをかぶった大きな真鍮のプレートの前で立ち止まった。ウィリアムはプレートのほこりをはらった。そこに書かれた言葉を読むと、背すじがぞくりとした——「死者を追悼して」とある。

「ここで作業員が亡くなったの？」イスキアが小声でたずねた。

「うん」

「気味が悪い」イスキアはあとずさる。

でも、扉はどこにあるんだろう？　ここにあるのは瓦礫だけだ。真鍮のプレートに視線をもどす。こんな短い言葉のために、どうしてここまで大きなプレートにする必要があった？

プレートのへりに手を伸ばすと、冷たいすきま風を感じた。この後ろに開口部があるはずだ。プレートの裏に指を差しこみ、引っぱった。錆びたねじはあっけなくはずれ、ガランと音を立ててプレートは地面に落ちた。

プレートの後ろにあった壁には、大きな金属の穴があいていた。コンクリート管の入口みたいで、大人が中を這い進めるぐらいの大きさだ。

いきなり、管の中で何かが動いた。ウィリアムが後ろにさがると、黒いネズミが顔をつきだし、フンフンとにおいをかいでいる。イスキアが小石を拾いあげて投げつけると、ネズミはチューチュー鳴いて暗闇の中へと引き返していく。

「ほんとに、もう、ネズミはだいっきらい」イスキアはぶるっと身をふるわせた。

「ぼくも。だけど、この中に入らなきゃ。感じるんだ」ウィリアムは片手をお腹にあてた。かすかなふるえが伝わってくる。暗号の謎にせまったとき、いつも感じるサインだ。

「あたしが先に行く」イスキアが申し出た。

ウィリアムはイスキアの顔を見た。目に恐怖が浮かんでいる。本当は管の中に入りたくないんだ。

「いや、ぼくが行くよ。だって、さがしてるのはぼくのおじいちゃんなんだから。それに……

きみはネズミがだいっきらいだし」ウィリアムは乾いた唾を飲みこみ、無理に笑みを浮かべて管を見やった。

「わかった。じゃあ、すぐ後ろからついていく」イスキアは言った。

ウィリアムは身をかがめ、暗い管の内側を手さぐりした。ぬるぬると湿っている。引き返したくなったけど、お腹のふるえはますますはげしくなっている。真実に近づいているはずだ。

ウィリアムは管の中を這い進みはじめた。目の前に見えるのは暗闇だけだ。それに、耐えがたい悪臭がする。閉所恐怖症のパニックを起こさないよう、無我夢中で進んでいく。後ろからイスキアの息づかいがきこえている。彼女がそばにいてくれてよかった。

行く手に小さな光が見えて、ウィリアムは止まった。

「あそこだ」

ウィリアムはまた這い進みはじめた。どんどん速く。もうすぐだ。ここから出ないと。

第三十六章 さがしあてた扉

ウィリアムとイスキアはただただ圧倒されて、あたりの様子に見とれ、ものも言えずにいる。こんなに美しいものは見たことがなかった。

ふたりは広大な洞窟にいた。岩壁が脈打つように煌々と青く光っている。洞窟の壁の中央に、大きな鉄の扉がそびえている。扉の横には、からっぽの木箱が山積みになっていて、どの箱の側面にも「ダイナマイト」と記されている。きっと最後に扉を爆破するために使ったものだろう、とウィリアムは思った。

小さな甲虫はふたりのあいだを落ち着きなく動きまわり、石の地面に金属製の足をコツコツ打ち鳴らしている。

「あ、あ、あれはなんなの？」イスキアがつっかえながら言う。

「さがしてた扉だ」

ウィリアムはつぶやき、少しずつ近づいていく。

扉はシンボルで埋めつくされている。これがおじいちゃんの解読した暗号なんだ。ルリジウムと、それがどんなに危険な存在になりうるかを、おじいちゃんに教えた暗号なんだ。ここで百五十年以上前に、エイブラハム・タリーが知的金属の最初のかたまりを発見した。そして、おじいちゃんはいま、ここにいるかもしれない。

ウィリアムはオーブをかざした。「どうすればいいのか、教えてくれ」とささやきかける。目を閉じて、いつものふるえを呼び起こそうとする。けれど、何も起こらない。

「たのむ、たのむよ」

「何をぐずぐずしてるの？」イスキアが言っている。

「ちゃんとやってるよ」食いしばった歯のすきまから押しだすように言う。「やってるんだけど……」

ウィリアムはあせりはじめた。よりにもよって、いちばん必要なときに、能力をなくしてしまったんだろうか？

疲れきっているせいなのか、ただ単に自分は思っていたような人間じゃなかったということなのか、理由はわからないけれど、とつぜんすっかり力尽きてしまったようだ。なぜこんなことになってしまったんだろう？　ぜんぶ自分のまいた種だ。あの日、どうして博物館でインポッシブル・パズルにさわることを我慢できなかったんだろう？　さわらなければ、変わりない暮らしができていたのに。親の言うことをきけばよかった。そうすればいままでどおり、自分の部屋でなんの危険もない暗号を解読していられたのに。父さんは正しかった――暗号に触れるべきじゃなかったんだ。だけど、いまとなっては遅すぎる。もう前と同じにはもどれない。

いまウィリアムをつき動かしているものは、かつてないほどおじいちゃんに近づいているという事実だけだ。やるしかない。おじいちゃんを見つければ、すべては解決するはずだ。

そのとき、やるべきことが急にわかった気がした。あるがままの自分を受け入れるんだ。もうあともどりはできない。

ぼくは知的金属だ……ぼくは知的金属だ。ウィリアムはくり返し自分に言いきかせた。ぼくは五十一パーセントしか人間じゃない。

「あいつらが壁を破ってきちゃう」イスキアの声が、遠くきこえた。

ウィリアムは何も言うことができない。目をあけることさえできない。お腹にいつものうずきを感じる。その感覚は次第に強まり、いつもよりずっとはげしくなってくる。たちまち背骨全体がふるえだす。体が振動でばらばらになってしまいそうだ。ふるえは腕から手へと広がり、猛烈な勢いで指先が動きはじめた。オーブの内側がカチャカチャ鳴り続ける。

目をあけたとき、自分の見ているものが信じられなかった。扉のシンボルが金色に光って明滅している。いくつかのシンボルが扉の表面からはなれて浮かびあがり、こっちに向かってきている。シンボルは新たな模様を形成し、ウィリアムはその多くに見覚えがあった。おじいちゃんの机で見たものもあれば、オーブに刻まれていたものもある。指がますます速く動きだす。まるでシンボルが何を意味するか理解したみたいに、古代語がとつぜん読めるようになったみたいに。説明することはできなくても、ルリジウムとはなんなのか、どうすればよいことに役立てられ、どうすれば悪いことに利用されるのか、いまでは理解していた。エイブラハムが切実に手に入れたがっている理由も、自分自身の体の奥深くにどんな力が秘められているのかも、理解していた。おどろくのと同時に、恐ろしくもあった。

ふるえがおさまり、せわしなく動いていた指もぴたりと止まった。手の中からオーブが舞いあがり、扉の真ん中へとすべるように飛んでいくと、穴の中に消えた。

「やったね！」ウィリアムの後ろでイスキアが歓声をあげた。

扉の奥からゴトゴトいう音がきこえてきた。ウィリアムは一歩さがり、扉がゆっくりひらくのを見つめた。

第三十七章　戦車

　そのあとに起きたことは、夢の中の出来事みたいに感じられた。ぼんやりした形と、遠くからきこえているような音。青い光。さけんでいるイスキア。ふたりを中に通して閉まる扉。

「ウィリアム？　ウィリアム！　ねえ、きこえてる？」

　とにかく眠りたかった。信じられないほど疲れていて、体を休めたかった。最後のパズルを解いたことで、自分が壊れてしまったみたいだった。

「しっかりして！」イスキアが怒鳴った。

　少しずつ聴覚がもどり、目の焦点が合ってきたようだ。頭もはっきりしてきた。

「だ、大丈夫だよ」そうは言ったものの、まだめまいがする。「ここは？」

「さあ」イスキアは立ちあがりながら言った。「なんのための空間なのかな？」

「あの運転手たちは？」ウィリアムはたずねた。

「あの向こう」イスキアは大きな鉄の扉を指さしている。「もうちょっとでつかまりそうになったとき、扉が閉まったの」

ウィリアムは立ちあがった。オーブはとなりに浮かんでいる。ふと、あることに気がついた。「あの甲虫がどうなったか知ってる？」

「成功した」と、ひとりごとのようにつぶやく。

「うん。あっちに行った」イスキアが指さしている方向を見て、ウィリアムはハッとなった。

ふたりの前には、とてつもなく大きな部屋がずっと奥まで広がっていて、巨大な潜水艦がずらりと並んでいる。あちらこちらで、岩の削られた高い天井から水滴がしたたり落ちている。

「すごいや！」ウィリアムは息を飲んだ。

物言わぬ金属の巨人たちをながめわたす。数えきれないほどだ。ふいに自分がちっぽけで取るに足らない存在に思えた。

潜水艦の後ろには、トラックや戦車、軍用バイクが列を成し、巨大なホールの奥へとどこまでも続いている。

「これって、なんなの？　軍の倉庫かなにか？」イスキアが言った。

「第二次世界大戦のものみたいだね」ウィリアムはおぼつかない足取りで何歩か前に進み出た。

「このことを知ってる人はいるの？」イスキアはたずねた。

「研究所は知ってるよ。それと、たぶんエイブラハム・タリーも。でも、ここには誰も入ってないと思う……。いったいなんだって、大昔のテクノロジーが使われた部屋に、第二次世界大戦中の乗り物がいっぱいあるんだろう？」ウィリアムはしばし立ちつくし、考えこんだ。ゴッフマンとスラッパートン先生は嘘をついていたのか？　それとも、知らなかったんだろうか？

「それにしても、なんでこんなところに潜水艦があるわけ？　水なんてどこにもないのに」イスキアが言う。

「見当もつかないよ」ウィリアムは潜水艦のひとつに近づいていき、こぶしでコンコンと金属を叩いた。

「ここにいて安全だと思う？」イスキアは背後の大きな扉をふり返りながらたずねた。

「あの扉をぼくたちがあけてやらない限りはね」ウィリアムは壁のレバーを指さした。「どうやら、この扉は内側からしかひらかないらしい。あとは、この部屋の中に危険がひそんでいないことを願うよ。さあ、行こう」

ふたりは軍用トラックの列のほうへと歩き続けた。

「この中のどこかにいるのかな？　あんたのおじいちゃん。そう言ってたんでしょ？　どこにいるのか、さがさなくちゃね」イスキアは言った。

ふたりは鋼でできた赤い扉の前で足を止めた。「低温実験室」と書かれている。

「きっとこの中だ」イスキアがつぶやいた。

ウィリアムはハンドルに手をかけた。「鍵がかかってる」

あたりを見まわし、すぐそこに駐められている戦車を目に留めた。ウィリアムは戦車のほうに歩きだす。

「あのー、そういう車を運転したことがあるの？」イスキアがきいた。

戦車に乗りこむと、計器盤を指でなぞった。あるボタンの上で指が止まる。

「何事にもはじめてのときがあるよ」こともなげに答えた。

「ときには、直感を信じることも必要だ」ウィリアムはそう言って、ボタンを押した。

すると、座席の背もたれがガクンと後ろに倒れ、イスキアがかん高い悲鳴をあげた。

「ごめん」ウィリアムはべつのボタンを試した。強力なモーターが低いうなりをあげ、戦車全体が振動しはじめる。

ウィリアムは二本の操作レバーをいっぺんに引き、ペダルを踏みこんだ。戦車はジャンプした。

「気をつけてよ」ウィリアムが操作レバーをひねりまわしているあいだ、イスキアはシートにしっかりつかまっている。そうこうするうちに、戦車の砲口が赤い扉に向けられた。と、つぎの瞬間、大きな爆発音がとどろいた。

ややあって、あたりはしんと静まり返った。戦車のハッチをひらき、ふたりで外をのぞき見る。ウィリアムは目を丸くした。「やったぞ」

イスキアはにっこりした。赤い鋼の扉はなくなっている。扉があったはずの場所には、砲弾を受けてもうもうと煙をあげる穴がぽっかり口をあけていた。

第三十八章

巨大なロボット

「あった！」ウィリアムはさけんだ。イスキアはあとからついてきた。

ふたりの前に、ものすごく大きなコンテナが十個並んでいる。天井まで高さがあり、一から十まで番号がふられている。

「誰がこんなものをつくったの？」イスキアがきいた。

「さあ」ウィリアムはすっかり圧倒され、それが声にも表れている。

「中に何が入ってるのかな？」

「知りたくもないや」ウィリアムは言った。コンテナをながめわたし、そのうちのひとつに目が留まる。「とにかく、おじいちゃんが入ってるのを見つけて、だしてあげないと」

七番のコンテナに近づき、小さな計器盤のほこりをはらう。

「摂氏マイナス百九十六度」ウィリアムは数値を読みあげた。

「これ、どういうこと？」イスキアがべつのコンテナの制御盤を指さして、たずねた。赤いライトが不吉に点滅している。ウィリアムはそっちに確かめにいった。

「こっちはマイナス九十八度だ。まだ温度があがっていく」ウィリアムは不安そうな顔でイスキアを見る。「解凍してるみたいだ」

ディスプレイ画面をもう一度見やる。いまではマイナス五十八度になっている。コンテナの中から、ゴトゴトと重そうな音と、ゴボゴボと水の流れるような音がしている。

「こっちも温度があがってる」イスキアはさらにべつのコンテナを指さした。

「どうなってるんだ?」ウィリアムは息を飲んだ。

「ぜんぶ解凍してる」イスキアは恐怖のにじんだ声で言う。「こんなの、絶対やばいって」そして一歩あとずさった。

「中身が何かによるけど」ウィリアムは言った。ふたりが呆然と見つめる前で、温度計の数字はぐんぐんあがっていく。

「どれも温度があがってる。さっきの爆発がきっかけになったのかも」イスキアが言った。

ついに、最初のコンテナの温度計がゼロを指した。静寂がおとずれたかと思うと、つぎの瞬間、コンテナがまっぷたつに割れた。灰色の煙が立ちのぼる。ウィリアムとイスキアはあとずさりして、静かな洪水のように冷たい煙が押し寄せてくるのをながめた。

「いやな予感がする……」イスキアがつぶやく。

ウィリアムも同じだった。ふるえる手をあげて、目の前に現れたものを指さす。煙の中で何かがうごめいている。何か大きなものが。

「走れ！」ウィリアムはイスキアの手をぐいと引っぱった。

ふたりは壁にあいた穴をくぐりぬけ、扉を吹き飛ばすのに使った戦車を目指して走っていく。背後の壁が木っ端微塵に吹き飛んで、ほこりを舞いあげ、瓦礫とコンクリートの山になる。

ほこりがおさまると、壁があったはずの場所に巨大なロボットの姿が現れた。ロボットの頭部は、目を赤くギラギラ光らせた、牙を生やしたイノシシだ。イノシシボットは、戦車にたどり着いたウィリアムとイスキアを見つけると、耳をつんざく遠ぼえを発して、ドスンドスンと床を揺らしながら向かってくる。

「もうおしまいだ」ウィリアムはつぶやいた。

「ちょっと、あれ！」イスキアは指さしている。

小さな甲虫がちょこちょことイノシシボットのほうへ走っていく。イノシシボットは甲虫に気づくと、ぴたりと動きを止めた。

甲虫は、にわかにはげしくふるえはじめた。

「何をしてるの？」イスキアはおびえている。

「わからない」

イノシシボットは小さな甲虫をじっと観察している。いまや甲虫はすさまじい勢いでふるえていて、走るのもままならないようだ。イノシシボットのほうへ進み続ける甲虫から、カチカチと大きな音が響いている。

何がどうなっているのか、甲虫の体が広がりはじめた。体内から次々と金属板が現れては展開していく。甲虫はどんどん大きくなっている。

「変身してる」イスキアが言った。

ウィリアムは立ちすくみ、小さな甲虫の劇的な変形を見つめている。

イノシシボットもまた、自分のほうに向かってくる生き物を見つめながら、一歩さがった。

もはやその姿は甲虫ではなく、カチカチと音を立てて構造が変わるごとに、ますます人型ロボットに近づいていく。いまでは頭部だけが甲虫の、直立した巨大なロボットになっている。

金属製の長い枝角で空気を切りさきながら、スピードをあげてイノシシボットに突進していく。

「イノシシボットを攻撃するつもりなのか……」ウィリアムは言った。巨大な甲虫ボットが一歩踏みだすたびに、足の下で地面が揺れる。加速するにつれ、カチカチいう音はどんどん大きくなっていく。

イノシシボットは後退し、コンテナのひとつを持ちあげた。それを巨大な甲虫ボットめがけて投げつけたが、甲虫ボットはまるでサッカーボールが飛んできたかのように軽々とはらいのけた。甲虫ボットが片脚を伸ばすと、イノシシボットはつまずき、ものすごい衝突音を立てて地面に倒れた。甲虫ボットが動きを止める。カチカチいう乾いた音は静まっていく。

カチッ……カチッ……カチッ……

「あたしたちを助けてくれたのね！」イスキアが歓声をあげた。

けれど、ウィリアムは喜べなかった。自宅を襲撃されたとき、直前に甲虫が現れたことについて考えていた。あのときは、逃げられるよう助けに来てくれたのかと思っていたけど……

「どうかした？」ウィリアムの表情に気づき、イスキアはたずねた。甲虫ボットは向きを変え、ふたりを見ている。

「まだ終わりじゃなさそうだ」ウィリアムはあとずさりしながら、つぶやいた。「こいつだったんだ」

「何が？」

「エイブラハムのロボットだよ。この甲虫はやつのロボットなんだ」ウィリアムはささやき、戦車によじのぼった。イスキアに手を貸して、引っぱりあげる。

「なんのロボット？」イスキアがきいた。

「ノルウェーでぼくの家族を襲撃したロボットだ」

甲虫ボットは、軍用トラックや戦車をまるで紙でできているみたいに投げ飛ばしながら、大股ではずむようにホールをこっちに向かって走ってきている。

戦車のハッチは少しあいたままになっていて、ウィリアムは両手でつかんで力いっぱい引っぱった。ハッチがひらくと、ウィリアムはイスキアの腕を取った。

「中に入って！　つっこんでくるぞ！」

イスキアは戦車の中に飛びこみ、ウィリアムもすぐあとに続き、ギリギリのところでハッチを閉じた。その直後、甲虫ボットがすごい勢いで戦車に体当たりし、あまりの衝撃の強さに戦車は地面からはねあがった。戦車の中では、イスキアが悲鳴をあげて、手足をばたつかせながら何かにつかまろうともがいている。ふたりは床に叩きつけられ、呆然と倒れた。

ウィリアムは耳鳴りがしている。頭を強く打ちつけていた。体を起こし、窓の外をのぞきこむ。甲虫ボットは、ふたたびこっちに向かってきている。

「また襲ってくる！」ウィリアムはさけび、シートにしがみついた。

戦車が持ちあげられるのがわかった。壁に投げつけられ、大きな音を立てて地面にぶつかる。

「イスキア？」ウィリアムは呼びかけた。

イスキアはシートの下に倒れていた。ウィリアムは這って近づいていき、揺さぶった。「イスキア？　イスキア！」慎重にイスキアの体をあおむけに返した。

反応がない。

戦車がまた持ちあげられ、ウィリアムの体はすべっていったが、どうにか這いもどって、新たな攻撃からイスキアを守ろうとして、おおいかぶさった。ところが、何も起こらない。目をあけて、あたりを見まわす。窓のひとつから、こっちをにらみつけて光っているふたつの目に気づき、ウィリアムはビクッとした。

反対側の窓まで這っていき、外をのぞく。戦車は地面から高く持ちあげられて、甲虫ボットの手の中で揺れている。もう一度叩きつけられたら、ひとたまりもない。なんとかしないと。

操作レバーをつかみ、ぐっと横に倒す。戦車の砲塔が回転し、巨大なロボットの体に狙いを定める。さらに高々と持ちあげられ、戦車が傾くのを感じた。ロボットはまた戦車をほうり投げようとしている。ウィリアムは制御盤にしがみつき、発射ボタンを押した。大きな破裂音がそこらじゅうに響きわたる。甲虫ボットはふらふらとよろめき、あおむけにひっくり返った。

戦車は地面に落下し、そのあとには……完全な静寂がおとずれた。

ウィリアムは倒れたまま耳を澄ました。もう一度おそるおそる窓の外をのぞいてみたけれど、何も見えない。

「イスキア！」ウィリアムはさけび、這い寄った。

身をかがめて、彼女の口元に耳を近づける。息をしているだろうか？「イスキア、きこえるか？」

返事はない。

「**イスキア！**」

第三十九章
ついに見つけた！

「脚の骨が折れたのかも」イスキアはうめいた。

潜水艦のわきで、イスキアは古いマットレスの上に横たわっている。ウィリアムは折りたたんだ上着をそっと頭の下に敷いた。

甲虫ボットは少しはなれたところで戦車の下敷きになっていて、倒れたままぴくりともしない。

「ほかにもロボットが攻めてくるの？」イスキアは細くした目でロボットをにらみながらたずねた。

「さあ、どうだろう。甲虫は一匹しか見たことがないけど。たぶん」

「じゃあ、あれは？」イスキアはイノシシボットの残骸を指さしている。

「ほかのコンテナにも、同じようなやつらが眠ってるのかも」ウィリアムはゾッとした。

「だったら、ほかのやつらが解凍される前に、あんたのおじいちゃんをだしてあげて。あたしはここで待ってるから」

「ほんとにいいの？」

「うん、助けがいるときは、大声をだすから」イスキアはせいいっぱい強がって笑顔をみせた。

「音の感じからして、ほかのコンテナはまだどれも解凍が終わってなさそう」

「ロボットは一体だけだったとか」

「だといいけど」イスキアは痛みに顔をしかめ、脚を押さえた。

「できるだけ早くもどってくるよ」ウィリアムはそう言い残して、低温実験室に急いで引き返した。

大きなコンテナの前で足を止め、ディスプレイ画面を確認する。内部の温度は相変わらず上昇し続けていて、いくつかのコンテナはほかよりペースが速い。七番コンテナを見つけ、温度計を確かめる。ディスプレイ画面にはマイナス三十七度と表示されている。

どうすればいいのかわからず、しばし立ちつくす。何もせずにここから逃げだしてしまいたい気持ちもあった。ほかのコンテナから何が飛びだしてくるのか、わかったものじゃない。でも、おじいちゃんに会いたければ、これに賭けるしかない。逃げるわけにはいかなかった。

コンテナのひとつから巨大な姿が現れるのに気づいたときには、もう遅かった。見あげると、新たなロボットがそびえ立っている。金属製の大きな手が頭にふりおろされ、すべてが真っ暗になった。

何があったんだ？　ここはどこ？

ウィリアムはそろそろと体を起こそうとした。

頭が爆発しそうで、汗びっしょりなのに寒けがする。

「ウィリアム？」と声がした。「ウィリアム、しっかりしろ」

「おじいちゃん？」

ウィリアムは目をぱちぱちさせた。目の前にかがみこんでいるぼんやりした輪郭が見える。

ウィリアムは両手で頭を押さえた。「おじいちゃん？」もう一度くり返す。

「気をつけて。ちょっとこぶができてるからな」

「さあ、こっちに手を」

ウィリアムは腕を持ちあげた。誰かに手を取られ、上半身を起こしてもらい、座った姿勢になる。

「うん、いいぞ。これでよし、じゃあゆっくり背中をもたれて」

背中をもたれると、後ろに壁があった。目の前の相手の姿が、次第にはっきり見えてくる。優しいまなざし、ぼさぼさの白髪頭、あごひげ。

「おじいちゃん？」

「そうだ、おじいちゃんだよ」

ウィリアムは思わずおじいちゃんの首に両手を回し、ぎゅっと抱きついていた。体じゅうが痛かったけど、そんなことはかまわない。ついに見つけた。おじいちゃんを見つけたんだ！

第四十章　エイブラハム・タリー

巨大なロボットがのしかかるようにそびえているのを見て、ウィリアムはギクッとした。あのイノシシボットよりさらに大きく、恐ろしい。金属製の大きな体に、イノシシではなく、サイの頭がついている。ロボットは片手をいまにもふりおろそうとしているが、ピクリとも動かず立ちつくし、冷たい目でウィリアムを凝視している。

「安心しなさい。動作を停止してある」おじいちゃんが言った。

「停止？」ウィリアムはくり返し、ほかのコンテナを見わたした。

「ほかより早く私が解凍されて、運がよかった。制御装置の場所を知っていたから、また動きを止めておいたよ」おじいちゃんは七番コンテナの側面を軽く叩きながら言った。

ホールからゴトゴトと低い音がして、ふたりはそろってそっちを向いた。

ウィリアムはなんの音かすぐにわかった。あの大きな鉄の扉だ。誰かが扉をあけたんだ。

「ここにはほかにも誰かいるのかね？」おじいちゃんはウィリアムにきいた。

「イスキアが」

「イスキア？」

「うん。研究所の女の子だよ」

「研究所の人間をここへ連れてきたのか？」おじいちゃんは怒っているような口調だ。

「ぼくを助けてくれたんだ」ウィリアムは説明した。

おじいちゃんはウィリアムが壁にあけた穴のところへ走っていく。

「待って！」ウィリアムはふらつく脚でよろよろと追いかける。「イスキアは味方だよ」

「まったく信用できんな」おじいちゃんは言った。

ホールのつきあたりにある扉がゆっくりとひらきはじめる。

そこには誰かがじっと立っている。イスキアだ。ウィリアムは息を飲んだ。イスキアは何をしてるんだ？

「行くぞ」おじいちゃんはウィリアムを引っぱっていく。

「でも……」ウィリアムは抵抗しようとしたけれど、おじいちゃんは見た目よりずっと力があった。

「時間があまりない。さあ、早く！」おじいちゃんは部屋の反対側にある出入り口へ向かった。

「やつらが来る前に、おまえをここから連れださないと」

おじいちゃんは、地面に倒れたままのイノシシボットに駆け寄った。背中のボタンをいくつか押して、何歩かあとずさる。ウィリアムはよけて通った。頭部がピクッと動き、イノシシボットは目をあけて周囲を見まわした。おじいちゃんの姿を見て、うなり声をあげる。

「あっちだ」おじいちゃんはあらゆる乗り物を格納しているホールを指さし、イノシシボットに命じた。「あいつらをやっつけろ」

「だめだ！　待って！　イスキア！」ウィリアムはさけんだ。

それでも、おじいちゃんはきく耳を持たない。イノシシボットは遠ぼえを響かせ、足を踏みならして歩き去った。

「これで少しは時間が稼げるはずだ」おじいちゃんは眉間にしわを寄せ、出入り口の横の壁に取りつけられた制御盤に近づき、ボタンを押した。ゴボゴボという音が壁の中からきこえてくるようだ。

「何が起きてるの？」ウィリアムはわめいた。

「ここは世界で最も安全な掩蔽壕のひとつだ。じきにあのホール全体が水没するから、連中はわれわれを捕まえられんだろう」おじいちゃんは言った。

ウィリアムは信じられなかった。おじいちゃんは正気をうしなってしまったんだろうか？　それとも、前からずっとまともじゃなかった？　自分はこの相手のことをロクに知らないのだと、はたと気づいた。こんなところに見知らぬ他人と閉じこめられているのも同然だ。

「この扉をあけないと」おじいちゃんは部屋の反対側の扉へ向かっていく。

「それは出口なの？」ウィリアムはたずねた。

「いや、さらに奥深くへと通じている」すぐ後ろで物音がした。

「連中がそこまで来ている」おじいちゃんは上着の内ポケットからピストルのようなものを取りだした。扉に狙いをつける。テニスボールほどの大きさの青い光の玉が放たれ、扉と周りの壁を粉々にした。あたり一帯にほこりがもうもうと立ちこめる。

「おじいちゃん？」ウィリアムは大声で呼びかけた。

「行くぞ！」土煙の中のどこからか、おじいちゃんがさけんでいる。

ウィリアムは上着の襟を立てて鼻と口をおおい、手さぐりしながら壁にあいた穴へと向かう。

そのとき、ものすごい爆発が起きた。

はげしい圧力の波が押し寄せ、ウィリアムの体は投げだされ、穴の中から暗闇へと吹き飛ばされた。

勢いよく体が地面に叩きつけられる。少しのあいだ、あおむけに倒れたまま呼吸を整えようとしたけれど、立ちこめるほこりのせいで、息を吸うのもままならない。

「こっちだ！」おじいちゃんの声がした。

暗くて何も見えない。「ここはどこなの？」

「もっと奥に避難しないと」暗闇の中からおじいちゃんが言っている。「連中はイノシシボットをかいくぐるのに、もう少し時間がかかるだろう。私の声をたよりについてくるんだ」

おじいちゃんの声のする方向へ歩きだしたとき、手首をつかまれるのを感じた。ふりほどこうとしても、強くつかまれていてふりほどけない。

「落ち着きなさい。私だよ。さあ、おいで」おじいちゃんが言った。

ウィリアムはおじいちゃんに導かれるままに進むしかなかった。どこか後ろのほうで、イノシシボットの遠ぼえがきこえた。

おぼつかない足取りで暗闇の中を歩いていくと、やがておじいちゃんは足を止めた。

「着いたぞ」おじいちゃんの声に続いて、そこらじゅうに大きな金属音が響いた。

頭上の大きなランプが点灯し、ウィリアムは目の前に広がる光景にあぜんとした。ふたりは巨大な洞穴の壁に取りつけられた、古びた鉄の足場に立っている。壁に点々とあいた穴から、水が漏れている。

「これは——」ウィリアムは言いかけたけれど、背後の闇から響く低いとどろきにさえぎられた。

「やつらが来た。急ごう」おじいちゃんはウィリアムの手を引いて、錆びてぐらつく金属の階段を降りていき、洞穴の底へと向かう。「急ぐんだ！」おじいちゃんがわめいた。

洞穴の底に着いたとたん、おじいちゃんはもろくなっている階段を思いきり蹴りつけた。階段が揺れ、岩壁からはずれて、地面に倒れた。

「どうやって上にもどればいいの？」ウィリアムはたずねた。みるみるうちに水かさは増していき、いまではひざまで水に浸かっている。

「上にはもどらない」

「え？」

おじいちゃんは返事をしない。代わりに、ウィリアムの手首をつかんでいる手に力をこめた。

「ウィリアム！」頭上から誰かが呼びかけてきた。

見あげると、フリッツ・ゴッフマンがずっと上にある足場から身を乗りだしている。

「走れ！　逃げるんだ！」ゴッフマンはさけんだ。「その男は——」

「彼の話に耳を貸すな、ウィリアム」おじいちゃんは言った。「どのみち、もう遅い」

ウィリアムはおじいちゃんを見た。「どういうこと？」

おじいちゃんはだまっている。無言のままふり返り、ウィリアムをじっと見つめた。そのまなざしには、どこか不気味なところがあった。まるで、何かに支配されているような。邪悪な何かに。ウィリアムは怖くなってきた。手首をつかんだ手に、ますます力がこめられていく。手を引きちぎられてしまいそうだ。

「あんたはぼくのおじいちゃんじゃない」ウィリアムは言った。

老人は冷笑した。「ひときわ優秀な頭脳を持つ少年にしては、気づくまでずいぶん時間がかかったものだな。アカデミー賞ものの名演技だったと思わんか？」老人はゆがんだ笑みを浮かべ、ウィリアムの手首をはなした。

「あんた、何者だ？」

「私がどれだけこのときを待ち焦がれてきたか、想像もつかないだろうな」老人の答えはそれだけだった。

「エイブラハム・タリー？」ウィリアムはかすれ声で言った。背すじがぞくりと寒くなる。

「逃げろ、ウィリアム！　**走れ！**」ゴッフマンがさけんでいる。

「でも……」ウィリアムは老人から目をはなすことができない。ウィリアムの目の前で姿を変え、だんだん年老いていく。肌の色がぬけていき、しまいにはほとんど真っ白になる。

「おまえの祖父は賢明にも私を冷凍した。極度の低温は、ルリジウムを無力化するクリプトナイトのようなものだ。しかし、私のほうが先に解凍されるとは思わなかったようだ。それに、おまえがまっさきにわれわれを見つけだすことも、まったく予期していなかった」

「あんたの体はルリジウムで満ちてる」ウィリアムは老人を凝視している。いやでも興味をかきたてられずにはいられない。

「そのとおり。そして、もっと必要だ」エイブラハムはうなるように言い、ウィリアムに近づいた。

「**ウィリアム、走って！**」イスキアがさけんでいるのがきこえたけれど、体がいうことをきかない。エイブラハムに見つめられているせいで……全身が氷になったみたいだ。

「おじいちゃんはどこにいる？」ウィリアムは問いただした。

「上の八番コンテナの中だ。夢の世界にもどっているところだよ」エイブラハムは答えた。

「だけど、なんでおじいちゃんは自分を冷凍したんだ？」ウィリアムはどうしても知りたかった。

「あの男は私をだましてここへ連れてきた。研究所から盗みだしたルリジウムをくれると言ってな」

「どうしておじいちゃんがあんたにルリジウムをあげなきゃならない？」

「なぜだと思う？」

ウィリアムは首をふった。シロップが詰まっているみたいに、頭が働かない。

「私におまえを捕まえさせないためさ。すべておまえを救うためだ。私をだましてここに誘いだし、扉を閉ざしてふたりとも冷凍した。私をあざむいたんだ。しかしあの男は、まさかおまえが助けに来るとは思っていなかった」

「あのホログラム！」ウィリアムの口から言葉がこぼれ出た。「あれは偽物だったのか」

「当然だ」エイブラハムはにやりとした。「いまでも私には味方がいるのだよ。上層部にな」

冷たい目でウィリアムを見すえたまま、エイブラハムは近づいてくる。「人間の体からルリジウムを取りだす具体的な方法を知っているか？」その声は期待にうわずっている。

ウィリアムは息を飲み、何歩かあとずさりする。いまや水の高さは腿の付け根まで到達していて、流れが強くて立っているのもひと苦労だ。

「肉体が滅びると、ルリジウムはまず本能的に新たな宿主をさがそうとする。つまり、それまでの肉体をはなれるのだ。窒息が最もうまい方法だ」エイブラハムは筋ばった両手を掲げた。「やるべきことは……逃がさなければそれでいい。そうすれば、ルリジウムは私を見つけるはずだ」

「**そいつからはなれて！**」イスキアがさけぶのがきこえた。今度は、言われたとおりに体が動いた。パニックに襲われながら、背中を向けて水の中を無我夢中で進みはじめる。

「逃げてもむだだ！」後ろでエイブラハムがわめいている。

速く走ろうとするのは、簡単なことじゃなかった。いまでは水は腰の高さまで届いている。それでもウィリアムは歯を食いしばって進み続けた。闘いもせずにあきらめるつもりはなかった。たとえ相手がエイブラハム・タリーだとしても。

ちらりと目をあげると、イスキアやゴッフマンたちがそろって足場に立っていて、洞穴の底でくり広げられている光景を見おろしている。

ウィリアムは水の中に沈まないよう必死にもがいた。すると、水の届かない高さに岩棚があるのが目に入った。小さな岩棚によじのぼり、倒れたまま息をあえがせる。体からすっかり力がぬけてしまったようだ。

「ウィリアム！」エイブラハムの声だ。

体を反転させてあおむけになると、エイブラハム・タリーをまっすぐ見あげる形になった。エイブラハムはいまや本当の姿をさらしている。皮膚がひだになって顔から垂れさがっている。髪の毛はなく、氷のような目が光っている。ずっと待ち望んでいたものをついに手に入れるつもりだ——おじいちゃんがたったひとりの孫のために盗んだルリジウムを。エイブラハムが生きながらえるために必要なルリジウムを。

エイブラハムはウィリアムに一歩近づくと、片足でお腹をぐっと踏みつけた。ウィリアムは息もできなくなった。

「やめろ」ウィリアムはすがるように言った。

エイブラハムは身をかがめ、骨ばった指でウィリアムの首を押さえ、強くしめつけてくる。ウィリアムには、なすすべもなかった。肉体は老いていても、エイブラハムはおどろくほど力が強かった。

ウィリアムの体から力がぬけていく。そのとき、ある記憶が頭の中にふとよみがえった——もう少しで絞め殺されそうになった植物の蔓と、それをふりほどくのに使ったオーブ。

もしかしたら……

ウィリアムはどうにか上着のポケットからオーブを取りだすと、エイブラハムの腕をなぐりつけた。

「愚かな少年だ」エイブラハムはにやりとした。「使いかたをまちがっているぞ」そしてウィリアムの首から片手をはずすと、オーブを叩き落とした。

オーブはかたい岩棚に音を立てて落ち、転がっていってしまう。エイブラハムは、はなしていた手をウィリアムの首にもどした。骸骨のような指がさらに強くしめつけてくる。ウィリアムが見あげると、イスキアとゴッフマンはいまも足場に立っていたけれど、ふたりの運転手とライカは錆びた階段の残骸を降りてくるところだった。だけど、間に合いそうにない。頭がぼんやりしてくるのがわかった。エイブラハムはウィリアムの体から命をしぼりだそうとしている。もう限界だった。

全身がルリジウムで満ちた男を相手に、何ができるというんだろう？　体の感覚がなくなり、意識が遠のきはじめる。もう顔の横まで水が来ている。じきに窒息するか溺れ死ぬか、どちらかになるだろう。

ところが、ふいに何かを感じた。お腹の中に、いつものふるえを。ルリジウム。そうだ、ルリジウムで満ちているのはエイブラハムだけじゃない！　ぼくもだ。

ウィリアムはお腹のふるえに意識を集中した。ふるえはだんだん強くなっていき、背骨を駆けのぼり両腕に広がっていく。体に力がもどりはじめた。それどころか、これまでにないほど力がみなぎっている。目をひらいて、エイブラハムを見た。明らかに相手もこのパワーを感じ取っていて、いまではエイブラハムの目に疑念が表れている。

「**よせ！**」エイブラハムはわめきたてた。「それは私のものだ」

ウィリアムは両手を持ちあげてエイブラハムの手首をつかみ、強く握りしめた。全身を駆けめぐるふるえに意識を集中させる。そうしているうちに、自分の手に力がこもり、エイブラハムの指がゆるんでいくのを感じた。

「やめろぉぉぉ」エイブラハムは怒りをこめてささやいた。全体重をかけてウィリアムにのしかかり、ふたたび手に力をこめる。まるで完全に互角のチームが綱引きをしているみたいだ。

ウィリアムは歯を食いしばり、全力をふりしぼって、エイブラハムの手を引きはがしはじめた。首をしめつける力が少しずつゆるんでいくのがわかる。ふしくれだった指がはずれていき、それでもなんとかしめつけようとするせいで、長い爪がウィリアムの肌を引っ掻いた。

水の高さはウィリアムの顔の上まで到達し、目や鼻に入ってきている。口を閉じていても、どうしても苦しくなって呼吸するたびに、水が肺の中に入ってくる。ウィリアムは気力のすべてをだしきって、エイブラハムの手をどうにか引きはがした。老人が怒りくるってさけんでいるのがわかったが、水音のほかは何もきこえなかった。

顔がすっかり水中に沈む前に最後に見えたのは、ライカがエイブラハムのもとへ突進し、その首筋に恐ろしい牙をつきたてるところだった。

ウィリアムは気をうしなっていたらしい。気づいたときには、洞穴から運びだされようとしていた。イスキアとゴッフマンが先に立って歩いているのが見え、ウィリアムを抱えているのは運転手のひとりだとわかった。みんなはウィリアムが意識を取りもどしたことに気づいていない。頭を動かすと、もうひとりの運転手がエイブラハムを肩にかついでいるのが見えた。エイブラハムは死んだのだろうか？

まだ頭がぼうっとして、めまいがする。唾をのもうとしたけれど、エイブラハムに首をしめられたせいで喉が痛かった。しゃべろうとしても、かすれた音しか出てこない。ウィリアムを抱えている運転手がちらりと視線をおろしたが、そのまま歩き続けていく。そこらじゅうで水がザブザブはねる音がきこえる。こいつはまずい。すごくまずい。

一同は低温実験室に入り、立ち止まった。

「あそこからトバイアスをだしてやらないと」ゴッフマンが言うのがきこえた。

「そのあとは？　水没する前に脱出する方法なんて、ひとつもない」イスキアの声はふるえている。

　ウィリアムはとんでもないことを思いついた。

「せ……」言いかけて、はげしい咳の発作に襲われる。

「気がついたのね！」イスキアが駆け寄ってくる。息づかいが感じられるほど顔を近づけて、弱々しくほほえんだ。「おかえり」

「せん……」ウィリアムはもう一度言おうとした。

「何を言ってるんだ？」ゴッフマンがたずねた。

「せん？　どういう意味？」イスキアが言った。

「あれ」ウィリアムは向こうの部屋を力なく指さした。

「潜水艦ね！」イスキアが言い、ゴッフマンのほうを向く。「あの潜水艦はまだ動きますか？」

「確かめる方法はひとつしかないね。トバイアスはどのコンテナの中にいる？」

「八番」ウィリアムはまた意識が遠のいていくのを感じながらも、ぼそりと言った。

「コンテナをはずすんだ。丸ごと持っていくしかない」ゴッフマンがそう命じるのがきこえた。

　イスキアとゴッフマンに抱えられて、低温実験室から戦車や潜水艦がずらりと並ぶ広いホールへと運びこまれるあいだ、ウィリアムは意識をうしなわないよう必死に耐えていた。エイブラハムはライカの背中に縛りつけられている。ふたりの運転手は、車より重いはずの大きな冷凍保存コンテナを、えっちらおっちら運んでいる。いまではホールまで浸水し、イスキアたちが潜水艦の横で立ち止まったときには、もう水位がひざまであった。潜水艦の船首は、トンネルの入口みたいに壁にあいた大きな穴のほうを向いている。

「入口はあれだけ？」イスキアは潜水艦のてっぺんにあるハッチを見あげている。

「そうだな」ゴッフマンが言った。

「あんなところまで、コンテナをどうやって運べばいいの？　それに、あたしたちだって……」

「ぼくをおろして」とウィリアムは言った。めまいはおさまり、さっきより元気になっている。イスキアとゴッフマンは慎重にウィリアムを立たせた。水が冷たくて、生き返った心地がする。ウィリアムは冷凍保存コンテナを見やった。

「あのコンテナは水に浮きますか？」水位はどんどんあがっていき、もう腰の高さになっている。

「液体窒素が漏れないよう、完全密閉されている。ということは、水に浮くはずだ」ゴッフマンは答えた。

「だったら、あの高さに届くよう、水位の上昇を利用すればいい」ウィリアムは提案した。

「なるほどな！」ゴッフマンは手を叩いた。「可能性は残されているぞ。みんな、しっかりつかまれ！」

数分後には、水位の上昇とともに、みんなの体は巨大な潜水艦の上部まで浮きあがっていた。ふたりの運転手は潜水艦によじのぼり、ハッチの外側に取りつけられた大きなハンドルをまわしはじめた。

「急げ！」ゴッフマンがさけんだ。「水が潜水艦のてっぺんに到達する前に、乗りこまないと」

扉の内側からくぐもった金属音がして、運転手は古いハッチをこじあけた。

「では、と……全員、手を貸してくれ」ゴッフマンは呼びかけ、冷凍保存コンテナを引っぱりはじめる。

ひらいたハッチにまで水が届いて、潜水艦に流れこんでいき、冷凍保存コンテナはハッチの穴に吸いこまれ、金属の床に落下してぶつかった。みんなも潜水艦に乗りこんだ。ウィリアムが最後に入り、ハッチをつかんで閉めようとする。けれど、水の勢いがあまりに強く、とても閉められそうにない。運転手たちが手伝いにきて、みんなで力を合わせることでなんとかハッチを完全に閉じられた。

一同は広い制御室に集まった。

「さあ、どうする?」ゴッフマンが言った。

「あれは?」ウィリアムは「**脱出**」と書かれた二本の大きな赤いレバーを指さした。

「やるんだ!」ゴッフマンが命じた。

ウィリアムはレバーを二本ともさっと動かし、後ろにさがった。何が起こるか、待ちかまえる。

何も起こらない。

「もう一度!」ゴッフマンの声は、いまではふるえている。

ウィリアムはもう一度レバーを押した。今度はゴトゴトと低い音がとどろき、潜水艦全体が揺れはじめる。

「きっとモーターが作動したんだ」ウィリアムはつぶやいた。

「だといいけど」イスキアは警戒するように船内を見まわしながら言う。

ゴトゴトいう音はますます大きくなっていく。潜水艦が揺れてスペースシャトルみたいな轟音を立てたかと思うと、とつぜん勢いよく前進し、みんなは手足をばたつかせながら床に倒れた。

ウィリアムは空中に腕をばたばたさせて、何かにつかまろうとした。

なんでもいいから、つかまらないと。

ところが、つかまれるものは何もなかった。後ろに転がり、壁に体を叩きつけられる。

そこらじゅうでシューシュー大きな音がしている。金属製の船体が急流に逆らって進む音のようだ。すると、巨大な潜水艦は前触れもなく船首をさげて、潜水しはじめた。

ウィリアムの体は宙に投げだされ、また床に落下した。前方へすべっていくとき、一瞬イスキアの姿が目に入った。彼女は壁のハッチにつかまっている。

「**イスキア！**」ウィリアムはイスキアのわきを通過していき、金属のキャビネットにぶつかった。

「**何かにつかまれ！**」混乱のさなかから、ゴッフマンの声が呼びかけてきた。

今度は急に潜水艦全体が後ろに傾き、勢いよく上昇しているようだ。

ウィリアムはまた後ろにすべっていかないように、必死の思いで船内の壁をむなしく指で引っ掻いた。どうにもならなかった。潜水艦の船首がぐんぐんあがっていくと、ウィリアムもほかのみんなも後ろに転がっていき、制御室の奥でそれぞれの体が折り重なった。

急流の音はすさまじいほど大きくなっていて、話そうとしてもむだだった。

ウィリアムは目を閉じた。

一瞬、もうこれまでだと覚悟した。

おしまいだ。

すると、すべてが静まり返った。

おどろいて見あげると、後ろの壁にイスキアが押しつけられているのが見えた。

「止まった」ウィリアムは言った。

「ほんとに？」イスキアは念を押した。

「たぶん」ウィリアムは立ちあがり、よろめきながら天井のハッチのところに向かう。外に出たくてたまらなかった。新鮮な空気が必要だ。外に空気があるとしたら。

ウィリアムはハッチをつかんだ。アドレナリンが大量に分泌されて、いつもよりずっと力があったのだろう、ハッチのハンドルは軽々とまわすことができた。ウィリアムはぐっと押してハッチをひらいた。

明るい日射しと新鮮な空気が、外から一気に入りこんでくる。ウィリアムは目を細くして、潜水艦の屋根にのぼった。そして大きく深呼吸する。

どこか近くでまぶしい光が明滅している。興奮した様子で話している声も。

ウィリアムは目をこすり、ぱちぱちとまばたきをして、目の前にボートが一艘あるのを見てギョッとした。おおぜいの人を乗せている。みんなカメラを持っていて、ウィリアムの写真を撮っている。ボートのわき腹に文字が書かれている――「テムズ川クルーズ」。

あたりを見まわした。あれはビッグ・ベンだ……

潜水艦はテムズ川の真ん中に浮かんでいた。

そのとき、エイブラハムに窒息させられそうになった喉の痛みを、また感じた。脚が急になくなったみたいに、力が入らなくなる。

そして、ウィリアムは倒れた。

第四十一章　再会

ウィリアムは目をあけた。

周囲に設置された機械や何本もの管につながれて、病院のベッドに横たわっている。鼓動を打つたびに、心電図モニターからピッと音がする。ベッドわきのスタンドに、透明の液体が入った点滴袋が吊されている。点滴袋から出ている管は、ウィリアムの手の甲につながっている。唾を飲みこもうとした。痛い。水がほしい。

光に目が慣れると、病室全体がもっとはっきり見えた。ウィリアムはひとりじゃなかった。誰かが窓辺に立っている。けれど、誰なのかは見えない。日射しがまぶしすぎる。

「喉がかわいた……」声がしゃがれていて、しゃべると喉が痛かった。ウィリアムは咳きこんだ。

窓辺の人物はふり返り、ウィリアムを見た。「ウィリアム、目が覚めたのね！」

イスキア？

イスキアはすぐにベッドに駆け寄ると、ウィリアムを見おろしてほほえんだ。「気分はどう？　一週間も昏睡状態だったんだよ」

「喉がかわいた……」ウィリアムはくり返し、また咳きこみはじめた。

「待ってて」イスキアは病室の片隅にある流しに急いだ。

　水を入れたコップを手に、ベッドのわきにもどってくる。ウィリアムは枕から頭をあげて、水を飲んだ。

「頭が痛い」おでこに手をやった。イスキアは壁にぶらさがった赤いコードを引っぱった。

「ここは？」

「研究所の中だよ」

「ぼくは死ななかったの？」

「うん、でもあぶないところだった」イスキアは真顔になる。「もうちょっとでエイブラハムは、あんたの体からルリジウムを奪うところだった」

「ルリジウム……」ウィリアムはくり返す。何もかも、いまとなっては遠い悪夢のように思える。「じゃあ、ぼくの体の中にルリジウムがあることを、きみは知ってるんだね」

「うん、知ってる」イスキアは笑みを浮かべた。「だけど、あんたはほかのマシンなんかとはちがう。あたしが思ってたよりも、ずいぶん人間からかけはなれていたとしてもね」

ウィリアムは笑顔にならずにいられなかった。なぜだかわからないけど、イスキアにそう言ってもらえるのは嬉しかった。少しのあいだ、ふたりは見つめ合った。

さまざまな記憶がよみがえりはじめた。潜水艦。テムズ川。

「潜水艦。うまくいったんだ」

イスキアがまたにっこりした。「あんたが思いつかなければ、あたしたちはきっとあそこに沈んだままだったよ」

「おじいちゃんはどうなったの？」ウィリアムがたずねると、イスキアの表情が暗くなった。

「あんたのおじいちゃんは隔離病棟にいる。目を覚ます可能性はあるって」

「可能性？　じゃあ、目覚めない可能性もあるってこと？」

イスキアはうつむいた。「くわしいことは、ほかの人にきいて」

「おじいちゃんに会わないと」

ウィリアムは起きあがろうとしたけれど、力なくベッドに倒れこんだ。

「エイブラハム・タリーは……？」

「この研究所のどこかで、脱出不可能なコンテナの中でまた冷凍されてる。もう本人の面影を見ることもないんじゃないかな。よくわからないけど、ゴッフマンが言うには、エイブラハムの体内のルリジウムはあれほど長く居座り続けていたから、残されていた人間らしさもすべて吸い取ってしまったんだって」

ウィリアムは肩をすくめた。エイブラハムがこの研究所にいると思うといやだったけど、少なくともいまは居場所がわかっている。エイブラハムを制止できるのだ。

イスキアはためらっていたけれど、ついに口をひらいた。「あんたに話しておかなきゃならないことがあるの」

「何？」

「例のファイルのことなんだけど。アーカイブで見つけたでしょ？　理由があって、あの中に書かれていたことを話したくなかったんだ――あたしの役目のこと」

「え？　きみの役目って？」

「あんただったの」イスキアは間を置いて言った。

「ぼく？」

「そう。あたしの役目は、何かあったときにあんたを見張っておくことだったの。そしたら、ほんとに何か起きちゃうんだもん！」

ウィリアムはイスキアをぽかんと見つめている。

「だからロンドンにぼくをさがしにきたのか」

「本当のことを話せなくてごめんね。危険が大きすぎたから。あのトンネルにあんたといっしょに行く人間が必要だったの」

「いいんだ」ウィリアムはイスキアの手を取った。

なぜそんなふうに手を握ってしまったのか、自分でもわからない。自然とそうなってしまったのだ。数秒間、ふたりは無言で見つめ合っていた。これからどうすればいいのか、ウィリアムは迷っていた。手をはなして、何もなかったふりをするべきか、それともこのまま手を重ねておくべきか？　どっちにしても、ばかみたいだ。ウィリアムはぎこちなく笑いかけた。イスキアも笑い返してきた。

ドアがひらき、ウィリアムはさっと手を引っこめた。スラッパートン先生が駆けこんでくる。

「ウィリアム」息切れがおさまると、先生は言った。「私は、その、あー……」

そのとき、またドアがひらき、ゴッフマンが姿を見せた。スラッパートン先生のとなりで足を止める。

「目が覚めたね」ゴッフマンは言った。

「はい」ウィリアムは答えた。

「私は、えー、なんだ……」ゴッフマンが言葉を続けようとする。

「ふたりが言いたいのは、あんたにまた会えてすごく嬉しいってこと」イスキアがにやりとして言った。「それと、色々あったことに対して申し訳ないって」

ふたりの先生は顔を赤らめた。

「ですよね？」イスキアが返事をうながす。

「うん、そういうことだ」ふたりは声をそろえて言った。

数日後、ウィリアムは研究所の巨大な飛行機のソファにシートベルトをして座っていた。興奮で武者震いしている。あと二時間もすれば、両親に会えるのだ。

最後に親やターンブル先生、クラスのみんなに会ったのが、遠い昔に感じられる。あまりにもいろんなことがありすぎた。まるで別人になった気分だ。

客室の奥から物音がして、ウィリアムは顔をあげた。誰かが近づいてきている。あれは、まさか……？

「安心しなさい、今度こそ本物だ」その人物はそう言って、ほほえんだ。

「おじいちゃん？」ウィリアムはためらいがちに言った。

おじいちゃんは腰をおろし、しばしウィリアムをしげしげと見つめた。「大きくなったな」

ウィリアムは何を言えばいいのかわからなかった。「ありがとう……？」

おじいちゃんは声をあげて笑った。「八年前、最後に病院で顔を見てから、すっかり元気になったな。それに、いまではいっぱしの暗号解読者らしいじゃないか」

ウィリアムはうなずいた。「でも、とりあえず、暗号解読はちょっと休むつもりだよ」

おじいちゃんはまた笑みを浮かべ、あごひげをぽりぽり掻いた。それからうなじに手を伸ばし、そっちも掻く。「すまんな。むずむずしてかなわん！　長期間、冷凍保存されていたことの副作用だ。そのうちおさまるだろう」

ふたりはしばらく、ただお互いを見つめていた。

「また会えて本当に嬉しいよ」ややあって、おじいちゃんは照れくさそうに言った。

ウィリアムはもう、じっとしていられなかった。おじいちゃんに飛びつき、これまでずっと夢見ていたことをした――おじいちゃんの首に両手をまわし、抱きついたのだ。

「二度と会えないかと思ってた」

「私もだ」おじいちゃんが言った。涙をこらえているのがわかった。

「これからどうするの？」

「いっしょに家に帰って、おまえの両親にあいさつする。ふたりにも事情を説明せんとな。それから、おまえが研究所にもどれるよう、ふたりを説得するつもりだ。おまえがそう望むなら」おじいちゃんはウィリアムを見おろし、問いかけた。「どうだ、研究所にもどってきたいか？」

ウィリアムにとって、それ以上の望みはなかった。「もちろんだよ」笑みを浮かべて、そう答えた。

第四十二章 ウィリアム・ウェントン

「**朝食だぞ！**」父さんが階下から呼びかけてきた。

ウィリアムは机に身をかがめて、作業している。虫眼鏡をのぞきながら、小さな機械仕掛けの甲虫に取りつけた細かいねじをしめている。

すると、今度は母さんの大きな声がした。「**朝食よ！**」

「すぐ行くよ！」ウィリアムは返事をして、ねじまわしを置いた。甲虫を机にのせてながめ、にっこりする。あの甲虫ロボットとは似ても似つかないし、まだ動かせたことはない。でも、まずはここからだ。

「**ウィリアム！**」父さんがさけんだ。

ウィリアムは立ちあがり、学校用のバックパックをつかんで、急いで部屋から出ていった。

階下のキッチンは、何もかもが昔のままだ。母さんと父さんはキッチンテーブルについて、ウィリアムが来るのを待っていた。

「パンケーキよ」母さんが笑顔で言った。「五十一パーセントしか人間じゃない男の子でも、朝食は必要でしょ？」

「おい、よけいなことを言うんじゃない」父さんがたしなめた。

「学校にもどるのは楽しみ？」母さんがきいた。

「そうでもない」ウィリアムはパンケーキをくるくる巻きながら答える。口元に運んでいき、かじりつこうとしたところで、外から車のクラクションがきこえてきた。

「来たみたいね。あなたを学校まで車で送っていくって言ってきかなかったのよ。パンケーキは車で食べるといいわ」母さんが言った。「いってらっしゃい、ぼうや」

外にはピカピカの白い車が停まっていた。

後部座席のドアが自動でひらき、ウィリアムは乗りこんだ。

「パンケーキか？」おじいちゃんはウィリアムの手の中に巻かれているパンケーキを見て言った。「パンケーキは大好物だ」

「食べる？」ウィリアムはすすめた。

「遠慮するよ。朝食はもう食べた」

ウィリアムは前に座るふたりの運転手をちらりと見やった。このふたりは、やっぱり好きになれない。ひとりがバックミラー越しに顔をしかめてみせた。

車は走りだした。

「で、どんな気分だ？」おじいちゃんはウィリアムを見て、きいた。

「どんな気分かって？」

「もう秘密を守りながら暮らさなくていいのは」

「いい気分だよ」

「それは何よりだ」

「研究所のこと、父さんと母さんに話してみてくれた？」ウィリアムはそわそわとたずねた。

「うむ。もうちょっと説得する必要があるが、すべてうまくいきそうだ。必ず説得してみせるよ」

少しのあいだ、ふたりはだまっていた。

「しかし、私とはしばらく会えなくなる」やがておじいちゃんが口をひらいた。

「なんで？」お腹に一撃くらったみたいだった。

「ちょっと旅に出るんだ」

「どこへ」

「チベットだよ」

「チベット！　そんなところで何をするの？」

「あるものを見つけに行く」おじいちゃんはいたずらっぽい笑みを浮かべて言った。

「いつ帰ってくる？」

「わからない。数週間か、もう少しかかるか。行ってみないことにはな……さあ、着いたようだぞ」車は学校の外に停まり、ウィリアムはドアをあけた。おじいちゃんは孫の腕をポンポンと叩いて、にっこりした。「おまえを本当に誇りに思うよ、ウィリアム」

「ありがとう」ほかに言うべき言葉が見つからなくて、ウィリアムは答えた。

「早く行きなさい。始業のベルはもう鳴ったらしい」

ウィリアムは車から降りたものの、ドアは閉めずにいる。

「どうした、何か言いたいことがあるのか？」

「ずっと考えてたことがあるんだけど」ウィリアムはためらった。

「なんだ？」

「誰もあの洞穴に入れなかったんだとしたら、どうして第二次世界大戦の戦車や潜水艦が大量にあったの?」

「とてもいい質問だ」おじいちゃんは、わけしり顔でほほえんだ。「いつか教えてあげよう。だがいまは、すべて忘れて学校のことだけ考えなさい。とりあえず、しばらくは。いいね?」

「わかったよ」ウィリアムはドアを閉めた。

おじいちゃんに手をふり、小走りで校門へ向かいはじめる。白いロールスロイスは角を曲がって見えなくなった。

ウィリアムが教室に入っていくと、みんなが顔をあげた。ターンブル先生の横で立ち止まる。先生は黒板消しを手にして、黒板の前に立っている。先生はしばらくじっと動かずに、ただウィリアムを見つめていた。まるでふさわしい言葉をさがしているように。

「いまでは、きみの名字はウェントンなんだな?」先生はようやく言った。「ウィリアム・ウェントン?」

「はい。それがぼくの名前です」ウィリアムは答えた。

著者
ボビー・ピアーズ　BOBBIE PEERS

1974年生まれ。1999年にロンドン・フィルム・スクールを卒業後、監督、脚本家、イラストレーターとして幅広く活躍。2006年に初めて監督・脚本を手がけた短編映画 "Sniffer" は、カンヌ国際映画祭のパルム・ドールを獲得した。2015年には長編映画 "Dirk Ohm-Illusjonisten som forsvant" の監督も務めている。同年に小説デビュー作となる本書を発表。少年とロボットの活躍を生き生きと描き、新しい冒険シリーズの始まりとして高い評価を受けた。ノルウェー本国では、子どもが選ぶ《Ark's Children's Book Award》や《Book of the Year》などさまざまな賞を受賞し、米国でも《Parents' Choice Award》の推薦作品に選ばれており、子どもが読みたい本、親が子どもに読ませたい本として、多くの支持を集めている。37の国と地域に版権が売れており、映像化権も取得されている。ノルウェーでは既にシリーズ第２作 "Kryptalportalen"（"William Wenton and the Cryptoportal"）が刊行されている。

訳者
堀川志野舞

横浜市立大学国際文化学部卒。英米文学翻訳家。おもな訳書に『ハリー・ポッター シネマ・ピクチャーガイド』（静山社）、『マーク・トウェイン ショートセレクション 百万ポンド紙幣』（理論社）、『図書館は逃走中』（早川書房）、『愛は戦渦を駆け抜けて』（角川書店）、〈フェアリー・ガールズ〉シリーズ（ポプラ社）などがある。

ウィリアム・ウェントン1
世界一の暗号解読者

著者　ボビー・ピアーズ
訳者　堀川志野舞

2017年10月26日　第1刷発行

発行者　松岡佑子
発行所　株式会社静山社
〒102－0073　東京都千代田区九段北1－15－15
電話・営業　03－5210－7221
http://www.sayzansha.com

装丁　藤田知子
装画　カガヤケイ
組版　アジュール
印刷・製本　中央精版印刷株式会社

Published by Say-zan-sha Publications, Ltd.
ISBN978-4-86389-390-0 Printed in Japan